DESEQUILÍBRIOS NO SÓTÃO

CONTOS PARA LÁ DA COMPREENSÃO

MARY DEAL

Tradução por
SUSANA CUNHA

O QUE ENCONTRARÁ NESTE LIVRO

O conto "A Última Coisa que Faça" foi incluído em *Freckles to Wrinkles*, uma antologia da editora Silver Boomer Books que o nomeou para o cobiçado Prémio Pushcart.

Humor e absurdez, voos de fantasia até outras dimensões, susto, repulsa e desilusão, parvoíce e maravilhamento, a tristeza da realidade e a dor de coração. Aqui tem tudo isso e mais, em contos que podem deixá-lo um pouco *Desequilibrado no Sótão*, conjurados por uma mente que talvez seja um pouco *Desequilibrada no Sótão*.

REPRESENTAR NUM CAIXÃO

Constance Faring era a atriz mais dinâmica a entrar na cena de Hollywood havia décadas. O seu nome antiquado sugeria, por si só, muita classe e ela tinha-a toda, incluindo longas mexas de cabelo moreno liso e brilhante. No que tocava à representação, não só era abençoada com sentido de humor, como conseguia representar qualquer pessoa, desde uma matriarca real a uma prostituta.

Veio, então, Arlo Denny, uma nova estirpe de realizador que enfurecia a elite de Hollywood enquanto os espezinhava a caminho do topo. Insistia em ser conhecido por "O Denny". Sob a fachada da personalidade, era pouco mais de um fraco com fixação por fazer graçolas cruéis para compensar. Embora fosse novato na realização, o seu primeiro grande trabalho tornou-se um megassucesso e alcançou-lhe um Óscar. Por ser demasiado confiante, suas piadas fugiam frequentemente muito para lá do seu controle. Estava em alta e julgava o seu humor intocável.

O Denny escolheu Constance para um papel curto de uma mulher que acabaria morta. Apesar de Constance ter provado que era capaz de representar uma variedade de papéis, não lhe agradava a ideia de ser morta no início. A história baseava-se num funeral. Desde o começo Constance não gostava do enredo, mas faltavam três meses para que o seu filme seguinte começasse a ser feito. O seu agente sugeriu que aceitasse o papel no filme de Denny, para que o seu nome ficasse associado com o deste escaldante magnata de Hollywood. Levaria seis semanas a filmar.

— E, já agora, — disse o seu agente — Fica de olho num tipo chamado Barnard que trabalha na equipe de Denny. Juntos, podem chocar um com o outro.

Então, a personagem de Constance saiu de cena por morte, mas ela não desapareceu do local das filmagens. De facto, teve de se deitar perfeitamente quieta no caixão durante a maior parte das cenas restantes. Tal significava filmar um número infindável de cenas e ângulos, à medida que os outros atores e atrizes representavam os seus papéis. A maior parte do filme seria filmado em seu torno, enquanto ficava deitada no caixão.

Fazia parte do repertório de humor ofensivo do realizador covarde pregar peças em estúdio. Claro, onde mais? Toda a gente falava de retribuição, mas longe de alguém querer fazer pior do que as suas brincadeiras. Que tipo de peça vingativa poderia o realizador demente pregar ao tentar ficar à frente de todos?

Barnard era um operador de câmara que insistia em que o seu nome fosse pronunciado *Ber-nerd* e que pensava que O Denny era muito fixe. Barnard tinha um sentido de humor seco e tentava emular O Denny. Ao contrário deste, que se ria e dançava por ali depois de conseguir algumas das suas façanhas, Barnard era capaz de fazer as suas graças com a cara seríssima, sem nunca sorrir sequer quando as pessoas finalmente percebiam. Talvez fosse o melhor ator entre eles.

Filmar uma cena noturna, implicava que a tampa do caixão estivesse fechada. Não era problema para Constance. Na representação, prestava-se à causa pelo filme. Depois de se certificar de que se sentiria bem dentro de um caixão fechado — Constance disse em tom de brincadeira que faria uma sesta — caíram as luzes do estúdio e caiu a tampa almofada para perto do seu nariz.

Constance conseguia ouvir e entender a ação que se passava no cenário. Entre fazer alterações, reposicionar pessoas, e ser geralmente incapaz de se decidir, O Denny anunciou a pausa para almoço. Convenceu toda a gente a não contar a Constance por algum tempo, mas esta ouvira-o. Quem diria que o som chegava ao interior de um caixão? Os mortos nunca o disseram.

— Vens? — gritou uma voz do outro lado do estúdio.

Era a voz de Gina Greg, a produtora.

— Vou já. — a voz d'O Denny soava próxima a onde Constance jazia.

Alguém estalou uma das trancas do caixão. Não seria capaz de sair! Ouviu O Denny a rir-se para consigo e imaginou-o a gingar dali para fora.

Constance sabia o que O Denny fizera e porquê. Não estava morta. Ficara à escuta enquanto as pessoas abandonavam o estúdio. O almoço seria de apenas de meia-hora, ou menos, se todos embuchassem o farnel da carrinha de almoço antes que atingisse as suas papilas gustativas. Enquanto estava deitada na escuridão total, percebeu que aquele cómico idiota do realizador pretendia deixá-la ali du-

rante toda a pausa do almoço. Bem, ela dar-lhe-ia uma surpresa.

Tateando no escuro, esfregou os olhos com as pontas dos dedos para borrar a sombra e o rímel carregados. Esperava que os seus olhos parecessem dois buracos enegrecidos. Contra as camadas de pó na sua pele para a fazer parecer pálida, aparentariam estar calcados, vazios e moribundos. Esfregou algum do rímel escuro sobre os seus dois dentes incisivos para os esconder. Desbotou os lábios pintados para lá do seu contorno e arrastou um tanto para baixo do canto da boca, tentando fazer parecer sangue a escorrer. Conseguiu colocar as mãos atrás da cabeça, desfez o seu penteado elaborado e deixou alguns cachos caírem-lhe sobre a cara. Faltava, então, o toque final.

Tocou com as pontas dos dedos no batom e a arranhou ao longo do cetim branco que forrava o interior da tampa do caixão, esperando que as marcas se assemelhassem a sangue, como se tivesse tentado arranhar até sair do caixão. Qualquer pessoa que a visse à luz fosca da cena noturna poderia pensar que tinha sido enterrada viva.

Em pouco tempo, vozes excitadas e acusadoras irromperam pelo estúdio.

— A ideia de parar, de repente, para o almoço foi tua. — dizia Gina. — Abre tu o caixão.

— Não posso. — disse O Denny. — Se alguma coisa lhe aconteceu, não vou poder viver comigo. — Não soava lá muito convincente.

— Abre-o já. — disse outra pessoa.

— Ela disse que ia dormir uma sesta. — disse O Denny.

— Ninguém faz a sesta num caixão.

— Se alguma coisa lhe aconteceu, vai arruinar a

filmagem. Ponham as câmaras nisto. Quero tudo isto documentado.

— Abre o raio da coisa!

Constance ouviu as câmaras a rolar pelo estúdio. Barnard fecharia a imagem para plano bem próximo. Ela estava preparada para fazer a cena que provavelmente ninguém esperava dela.

Lentamente, a tampa começou a abrir. Constance não esperou. Atirou a tampa para trás, levantou o tronco e deu de caras com O Denny. Lançou-se sobre o seu pescoço e gorgolejou como um vampiro prestes a sugar uma refeição de sangue.

Todos saltaram para trás. Gina entendeu a piada e todos os outros começaram a uivar.

O Denny desmaiou.

Constance fez um sorriso espectral e saltou dali para fora deixando as rendas e folhos brancos tombar no chão.

Barnard e muitos outros membros da equipe levantaram o realizador inconsciente e colocaram-no dentro do caixão. O sorriso de Barnard era malandro.

Precisamente quando Constance se afastou com a maquilhadora, ouviu o som familiar do estalar de uma das trancas do caixão.

Todos se riram, troçaram e esperaram a meia-hora em retribuição. No interior do caixão, O Denny devia ter recuperado a consciência. Gritava e pontapeava ferozmente, como se tomasse a sua vez a representar um papel num filme de terror. Por fim, calou-se. Devia ter percebido que o fariam esperar exatamente o mesmo tempo.

Depois da pausa de meia hora, Barnard foi abrir o caixão enquanto todos observavam. Quando abriu a tampa, o interior do caixão fora rasgado em tiras. O

Denny não saltou dali para fora como fez Constance. Nem sequer se mexeu.

Barnard parecia pasmado. Estaria ele a tentar provar o seu talento para a representação mais uma vez? Debruçou-se, dirigiu o ouvido à cara d'O Denny, endireitou-se rapidamente e fez um ar assustado. Colocou dois dedos na garganta d'O Denny e esperou e finalmente olhou em volta de olhos arregalados.

— Ó, Céus! — disse. — Está morto!

ENCOSTADA À PAREDE

As minhas duas amigas bem-educadas e eu sentamo-nos à nossa mesa e vemos-te entrar na sala. As tuas roupas são chamativas e um pouco mais atrevidas do que eu pensaria usar, mas não aceito todas as mudanças de estilo que aparecem. Talvez seja por isso que me sinto ocasionalmente como aquela fica encostada à parede, nas tendências do mês passado. Os teus saltos altos vermelhos de marca, chamam à atenção para o facto de teres aprendido a andar nas pontas dos pés. Pelo menos, diz-se que fazê-lo torna firmes os músculos do tornozelo.

Essa minissaia preta apertada poderia facilmente mostrar o ponto de encontro das tuas pernas, mas faz-te parecer mais pequena do que és. O decote profundo da tua blusa de seda vermelha, pejada de lantejoulas e pedrinhas, exemplifica o facto de acarretares algum peso, sobretudo acima da cintura, e este age como se preferisse libertar-se e andar à solta. As tuas pulseiras e pedrinhas chocalham e reluzem como apenas joias de ocasião o fazem. Poderia o reflexo dos teus brilhantes ser o porquê de ninguém comentar a minha pulseira de diamantes e outras joias pelas quais

paguei pacientemente ao longo do tempo, para poder ter finalmente peças com valor? O brilho das minhas é subtil e puro sob as luzes da pista de dança aqui próxima, mas as minhas joias não fazem barulho.

Encontras a tua mesa, mas não te sentas, para dar aos homens a oportunidade de repararem em ti. É a nossa maneira, mas demasiado lenta para ti, a excelsa mulher do momento. As minhas amigas e eu conhecemos os teus movimentos bem demais, assistimos enquanto os fazes e sorrimos com descrença por trás dos guardanapos.

Lanças a tua pequeníssima mala de cerimónia para uma cadeira e começas a bambolear pela sala, falando com todos os homens pelo caminho, atirando com o cabelo pintado, gesticulando provocadoramente e pestanejando com as pestanas falsas. O teu decote salta e rebola ao girares de mesa para mesa. Alguns dos homens lançam-te a mão como se quisessem que ficasses mais algum tempo. Outros seguem-te e juntam-se às conversas dos outros tentando reclamar-te para si.

As outras mulheres na sala parecem intimidadas e arrastam os seus parceiros para a pista de dança quando te aproximas um pouco demais das suas mesas. Aposto que não sou a única pessoa que espera que comeces a cantar como uma corista dos velhos tempos da Proibição que se instala na ponta de uma mesa de um homem ou no seu colo. A tua voz e gargalhada têm o dom de silenciar uma sala e atrair atenção. Ao contrário de ti, com demasiado barulho e atenção em mim, a minha cara fica encarnada.

Passas pela nossa mesa e olhas apenas por um momento para mim e para as minhas amigas, para não teres de ler as nossas expressões. Sabes que percebemos o que se está aqui a passar. Juntas os lábios espessos vermelho-lustrosos e segues em frente. Ou será um beiço falso das injeções que tomaste há alguns meses para aumentar o teu lábio superior fino? A tua maquilhagem de olhos colorida faria inveja a Nefertiti, mas, certamente, o seu perfume era mais subtil. O ruge sob as maçãs do teu rosto acentuam tanto a linha do teu maxilar como o teu beiço de peixe.

Estranho também, é que depois de passares cerca de uma hora a passear pela sala, consigas reunir alguns dos homens mais elegíveis num grupo e babar-te para cima deles, ou eles para cima de ti. À medida que a noite avança, sentes dificuldade em manter o copo direito. Estranho também é que aquele que pareces favorecer, se despeça da conversa, deixando-te com os outros mesmo quando o alcanças e tentas puxar de volta.

A tua expressão é de descrença quando ele se vira, caminha direito à nossa mesa e me pede para dançar. Ao rodopiarmos pela tua frente, o olhar que vês na minha cara não é uma expressão de vanglória. É simplesmente a encostada à parede naturalmente corada e grata por ser real. Mas não posso deixar de me perguntar quem és realmente e o que estás a esconder por trás da fachada que sentiste necessidade de construir em teu redor.

PUPULE

Moke Manoa era um pouco louco. Pelo menos foi isso que os vizinhos disseram a Kamaki e Lina Akamu quando se mudaram para casa ao lado do havaiano idoso e enfezado. Os vizinhos apelidavam o estranho homem *Pupule*, dizendo que o seu cérebro fora dividido ao meio. *Pupule*. Louco. Usava sempre a mesma roupa, falava sozinho e caminhava um pouco inclinado. Fizesse chuva ou sol, montava um triciclo de adulto enferrujado, com um cesto atrás carregado com sacos de sabe-se lá o quê. Uma pequena bandeira fora hasteada bem alto e presa à traseira do seu assento, para que as pessoas o vissem no trânsito. Os vizinhos diziam que Moke costumava ser dono de um hectare de cultivo, mas que ficara velho demais para cuidar dele. Vendeu-o e comprou a casa de fazenda onde agora vivia e guardou o resto do dinheiro para o suster na terceira idade. Era luso-havaiano pelo lado do pai e sino-filipino pelo lado da mãe; uma mistura precedida por gerações, como a de muitos havaianos; como a de Kamaki e Lina, um casal de aparência asiática mista, elegante e grisalha.

Certos dias, podia ouvir-se Kamaki dizer:

— Lina, tu, anda a ver! Ele está a fazê-lo outra vez.

Observavam Pupule pela janela da cozinha dele. Havia dias em que dançava e cantava, divertindo-se. Noutros, batia furiosamente com a colher de sopa e outros utensílios na mesa e dizia baboseiras em inglês macarrónico, tão alto que toda a vizinhança ouvia.

Nos dias que começava a dizer disparates, estaria lá fora, no quintal, em pouco tempo. Tinha o hábito de atirar algo malcheiroso para o canto do quintal mais distanciado da casa. O calor tropical apodrecia-o e os insetos acabavam com o que sobrava, o que deixava um buraco fétido onde nada crescia. Sendo os ventos alísios como eram em Kauai, a ilha havaiana mais a norte, Lina e Kamaki tinham azar porque a casa onde planeavam passar o resto das suas vidas situava-se a barlavento do fedor. Até os seus amigos evitavam as visitas. Os vizinhos pareciam cruéis e não queriam ter nada que ver com Pupule. Desistiram de tentar fazê-lo parar de produzir aquele cheiro. Pelo menos, quando Lina e Kamaki o viam dançar alegremente, sabiam que não deitaria fora os conteúdos da panela naquele dia.

Com a passagem do tempo, tinham decidido pedir a Pupule para não propagar aquele fedor no seu quintal. Obrigava-os a abandonar o seu belo pátio e a fechar as vidraças das janelas com força, para tentar manter o cheiro fora de casa.

Kamaki e Lina costumavam ser pacientes. Agora, precisavam de dizer alguma coisa com tato e depressa. Lina pensava que seria sensato deixar que a conversa fosse de homem para homem. Quando tiveram a oportunidade de falar com Moke, Lina cotovelou o marido.

— *Cuz* — disse Kamaki, empregando o termo da

ilha que indicava amizade —, porque atira sopa para o quintal? Não gosta?

— *Pilau!* — disse Moke. — Estragada.

O que poderia Pupule ter em sua casa que o forçaria a despejar continuamente grandes panelas de qualquer coisa fervente debaixo dos arbustos do seu quintal? No dia da recolha do lixo, os seus três grandes contentores de lixo cheiravam ao mesmo. Lina e Kamaki tinham questionado a razão do preço da casa nova que compraram para a reforma no sereno bairro Wailua Homesteads ser tão baixo. Agora que estavam instalados há alguns meses, sabiam. Os vizinhos coscuvilheiros disseram que o agente imobiliário devia ter pagado a Pupule para não atirar fora até que alguém comprasse a casa ao lado.

— O que é pior — perguntava Kamaki coçando a cabeça —: ouvir galinhas a cacarejar na outra casa... ou *pilaupilau* aqui ao lado?

Os Akamu eram os únicos que falavam ocasionalmente com Pupule. Uma vez que eram os mais recentes no bairro, os vizinhos decidiram deixar que fossem eles a pôr fim ao pivete.

Quando Lina e Kamaki reuniram a coragem para abordar Pupule mais uma vez, ficaram subitamente pasmados no caminho. Moke irrompeu pela porta traseira da sua casa, resmungando pelo percurso até aos arbustos mais afastados, onde arremessou o conteúdo amarelado de mais uma panela pelos ares. Ao regressar, resmungava alto e não reparou neles quando tentaram conseguir a sua atenção através das plumárias do seu lado do jardim.

Os Akamu conceberam outra abordagem. Entendiam que, sendo Moke idoso e vivendo sozinho, lhe deviam levar alguma comida. Foram às compras no mercado da baixa de Kapaa e compraram uma seleção de vegetais. Com eles fizeram uma fritura bem recheada. Por fim, bateram-lhe à porta.

Moke abriu a porta e voltou-se para dentro de casa, a falar entre dentes mais uma vez. Presente, de novo, estava aquele ligeiro odor que ameaçava piorar. A ladainha de Pupule não soava assim tão confusa, por isso decidiram entrar. Apesar de algumas ervas daninhas por cortar em torno da casa, ficaram surpreendidos por ver que a pequena casa insular de paredes finas de Moke estava imaculadamente arrumada e limpa por dentro. Encontraram-no na cozinha a mexer uma grande panela de alguma coisa, mas a cozinha estava um caos. Ofereceram os seus vegetais e despejaram os sacos sobre a mesa para que Moke pudesse ver o que lhe tinham comprado. Ele ficou apenas a sorrir-lhes, olhando para os vegetais e para eles sucessivamente. Por fim, Moke pegou numa grande cebola Maui, apertou-a e pousou-a. Pegou em alguns nabos, apalpou-os com cuidado e pousou-os.

— Gostam? — perguntou Moke. — Moke faz?

— É para ti, *Cuz*. — disse Kamaki.

— Não, vocês trazem — disse erguendo os nabos — muitos mais.

Arqueou as mãos para mostrar quantos mais queria. Certamente, gostava de nabos. Voltou-se para o fogão e ignorou-os. Tentaram chamar à sua atenção, mas ele gesticulou apenas em direção aos nabos e disse:

— *Nui 'ino.*

Depressa, começou de novo a balbuciar e a contar pelos dedos.

Fazerem-se entender a Pupule daria algum trabalho. Na semana seguinte, foram mais uma vez ao mercado e compraram todo um molho de nabos. Moke não estava em casa, por isso deixaram-nos no saco de compras azul de Lina no alpendre de Moke, junto à porta da frente. Dois dias mais tarde, o saco azul apareceu na porta da frente do casal contendo vários frascos pequenos de comida conservada numa salmoura amarelada. Tinham o cheiro de Pupule. Lina e Kamaki hesitaram, mas trouxeram-nos para dentro e sentaram-se à mesa da cozinha a examiná-los.

Por fim, Lina disse:

— Marido corajoso, experimenta um.

Uma vez retirada a tampa do jarro, exalou o mais delicado odor que alguma vez pensaram que poderia vir de algo ligado a Pupule. O aroma era aliciante. Kamaki partiu um pedaço e trincou-o. Ao mastigar lentamente dizia continuamente:

— Um-m...umm!

Lina sabia, pela expressão do seu rosto, que ele acabara de saborear um pedaço de Céu. Implorou por uma dentada e Kamaki deu-lhe uma fatia à boca. Trincou-a, mastigou lentamente e engoliu.

— *Ono loa*! — disse. — Que sabor tão delicioso.

Nabos. Eram nabos, os que tinham comprado a Moke. Comeram mais. Não era hora de jantar, mas retiraram outros alimentos do frigorífico e fizeram uma pequena refeição. Aqueles nabos fermentados melhoravam os outros alimentos.

— É por isso que quer mais. — disse Lina. — Quer fazer para nós.

— Não o vimos cozinhar outra vez. — disse Kamaki. — Mas cozinha *ono*.

— Então, porque deita no quintal as outras vezes?

— Talvez não consegue comer todos.

Kamaki tomou outro pedaço. O pequeno frasco estava quase vazio.

— Mas não tem de cozinhar pickles, só deixar na salmoura a apurar.

— Pergunto-me o que o põe *huhu*, a resmungar sozinho e bater na mesa.

Era intrigante. Tinham de saber mais sobre este vizinho que os outros julgavam ter um cérebro dilacerado, mas sabia fermentar nabos.

— Por que não guarda? — perguntou Kamaki quando viu Moke a deitar algo fora outra vez. — Por que jogar fora?

Moke simplesmente sorriu desconfiadamente e voltou a entrar em casa. Lina e Kamaki decidiram visitá-lo e ver o que podiam fazer para ajudar Moke a evitar tanto desperdício. Na cozinha de Moke, observaram-no a tentar lembrar-se de algo. Repetia várias palavras, perdia o fio à meada e começava outra vez. Então, Lina percebeu que estava a tentar lembrar-se de alguns ingredientes.

— Está a tentar memorizar livro de receitas? — perguntou.

Moke tinha livros de receitas desordenadamente postos de lado. Pegou num.

— Não é bom. — disse. — Salmoura forte de mais. — Bateu no peito. — Minha salmoura é boa. Faço minha salmoura.

— O senhor cozinha salmoura para fermentar vegetais? — perguntou Lina surpreendida.

Acabara de aprender algo com este Pupule.

— Minha receita... minha receita. — disse ele e apontou com a mão para os vários livros de receitas. — Não é bom.

Neste modo estranho, Moke estava a contar-lhes

que desenvolvera a sua própria receita para conservas. Lina e Kamaki entenderam finalmente e sorriram um para outro. Moke tinha andado a despejar a sua salmoura quando esta ficava ruim depois de cozinhada, atirando-a para o jardim e produzindo aquele fedor.

— Porque não usa o processador de lixo? — perguntou Kamaki.

— Não tem.

— Porque atira para o quintal?

— Igual a quinta no campo. — disse ele. — Deita no campo.

Então, foi assim que começou o seu hábito de deitar salmoura no quintal.

— Tem de usar o lava-louça, *Bro*. — disse Kamaki empregando outo termo familiar local.

— Não é triturador. — disse.

Agora que o sabiam ao certo, não conseguiam zangar-se com o homem. Era idoso e um pouco pupule, mas fazia algo que adorava fazer.

— Então, porque fermenta? Não come comida normal?

Uma vez mais, Moke limitou-se a sorrir. Ao perto, embora os seus dentes estivessem feios e com manchas, ele ainda os tinha todos. Tinha muita comida e os recipientes estavam meticulosamente empilhados. Estava a comer bem.

— Por que fermenta? — perguntou Kamaki mais vez.

— Rendimento. — disse Moke.

— Rendimento? Vende?

— Talvez amanhã.

Queria dizer que não estava preparado para vender ou, talvez, que ainda não tinha aperfeiçoado a sua criação. Parecia frustrado consigo mesmo.

— Onde está a receita? — perguntou Lina.

— Não tem.

Mexeu a panela e não levantou o olhar.

— Não usa receita?

Ele fez um ar tímido e apontou ao de leve para a cabeça.

— Memorizou? — perguntou Kamaki. — Ele vai fazendo receita. — disse a Lina. — É por isso que atira para o jardim. Às vezes, não sai bem.

Moke dançou ao seu jeito jovial e débil.

— Sim! — disse abanando os braços. — Sim!

Finalmente, estavam a chegar a algum lado.

— Escreve ingredientes e quantidades? — perguntou Lina.

Moke provavelmente não o fazia e não conseguia lembrar-se corretamente; era por isso que, nalguns dias, deitava fora e, noutros, dançava alegremente.

— Não tem tempo. — disse.

Ela observou-o e o seu meio-sorriso mostrou algum embaraço. Mal podia acreditar no que estava a pensar. Moke não sabia como escrever. Sabia apenas ler o suficiente para compreender parcialmente um livro de receitas. Era por isso que pensava que tinha uma receita melhor. Mas tinha mesmo uma receita melhor. Eles tinham comido o seu produto *ono* e queriam mais.

Alguns dias mais tarde, espreitaram cautelosamente pela janela enquanto clareava um aguaceiro matinal. Moke preparava-se mais uma vez para cozinhar. Apressaram-se até lá com papel e caneta. À medida que ele trabalhava com os ingredientes, Lina dava o seu melhor para entender a sua forma grosseira de os pesar e escreveu tudo. Aquela leva não saiu bem. Kamaki ajudou Pupule a despejar a salmoura no quintal! Lina tinha experimentado a salmoura e sabia quais os ajustes necessários. Tentaram outra vez no dia seguinte e, surpreendentemente, acertaram.

— Ah-ah-ah, agora vender. — disse Moke. — Tem reforma!

Tomou as suas mãos e balançou os seus braços em modo de brincadeira como se fossem crianças, até que lhe vieram lágrimas aos olhos e abandonou a cozinha.

Aquela afirmação e a saída da cozinha dizia-lhes tanto. De acordo com outros rumores que ouviram, supunham que Moke tivesse vivido para lá das suas poupanças para a reforma. Estava a tentar, desesperadamente e na sua solidão, criar algo que lhe trouxesse um pouco de rendimento para além do seu parco subsídio da Segurança Social. Provavelmente não tinha seguro dentário e era por isso que os seus dentes eram tão escuros. Quem saberia o que mais fazia falta?

Kamaki não perdeu tempo. Ele e Lina levaram dois frascos de meio litro de nabos e contactaram Aka, um amigo e cozinheiro num hotel turístico local ao largo da Costa Coconut. Quando Aka saboreou uma fatia, acabou-a rapidamente e pediu outra.

— Se gosta, compra. — disse Kamaki.

Lina manteve-se silenciosa ao lado do marido, mas do seu ângulo conseguia ver para dentro da cozinha e lá estava um dos seus vizinhos — o que mais maldizia Moke. Gesticulou para Aka.

— Dê a outro homem na cozinha. Ele experimenta.

Aka achou que era ótima ideia. Levou ambos os frascos ao outro cozinheiro. Um pouco depois regressou com um sorriso que mostrava todos os dentes. Um frasco estava vazio e ele devolveu-o.

— Outro cozinheiro leva. — disse referindo-se ao

segundo frasco. — Quer levar para casa para mulher. Disse: "Nabo *ono!*"

Lina espreitou outra vez e viu o outro cozinheiro a acabar com uma fatia de nabo. A julgar pela expressão do seu rosto, adorava. O vizinho abelhudo adorava os nabos fermentados de Moke!

Moke devia ser a pessoa mais incompreendida que conheciam. Lina estava cansada de ouvir os vizinhos a dizer mal dele. As suas conversas pejorativas também se focavam noutros e não era justo para ninguém. As pessoas precisavam praticar paciência e tolerância umas com as outras. Para ela, de um modo mais geral, a escassez dessas duas qualidades era a razão pela qual o mundo se encontrava num estado tão triste. Se a compreensão começasse em casa, as pessoas da sua vizinhança estavam prestes a levar uma boa lição.

— Não vende em mais lado nenhum. — disse Aka.

Era uma afirmação e não uma pergunta.

— Vou vender em todo o lado. — disse Kamaki.

— Não, não vende. Só aqui. — disse Aka. — Mais clientes vêm a este hotel comer vegetais fermentados.

Kamaki retraiu o queixo como se se estivesse a preparar.

— Por que não diz ao padeiro "não vende em mais lado nenhum"?

— Hã? — disse Aka. — Todos turistas comem pão, hotéis todos.

— O. K. — disse Kamaki. — Então, todos turistas também comem vegetais fermentados.

— Não vende em mais lado nenhum. — repetiu Aka. — Faz demasiada competição por negócio.

Kamaki e Lina sorriram um para o outro. Lina sabia que o seu marido estava prestes a dar a Aka uma

lição muito necessária sobre recordar o significado de
aloha.

— O. K. — disse Kamaki por fim. — Não vendo a
outros hotéis... Um mês. Mas amigo precisa de rendimento. Você venda muito. Ajude velho ilhéu.

— Só um mês? Quero a primeira venda. —
disse Aka.

Pensou por um momento e perguntou:

— Velho ilhéu? Quão velho esse ilhéu?

— Um *kahi 'ko kanaka* a receber da Segurança Social. — disse Kamaki.

— Ah, aquele velho ilhéu *kine*. — disse.

Finalmente, entendeu. A sua expressão suavizou-
se.

— Só um mês. — disse Kamaki. — Encomenda for-
necimento para um mês e pagamento adiantado, se
quer venda exclusiva.

Aka acenou sabendo que precisava de ajudar
outro ilhéu.

— Você traga fresco todas semanas. — disse. — Eu
ajudo velho *kanaka*.

Uma semana mais tarde, Aka disse que a primeira
vez que apresentou uma porção dos nabos fermentados de Moke numa noite à fogueira havaiana, entre
o frango *Huli-Huli* e o porco *Kalua*, foi consumida
antes do bufete ir a meio. Fez uma grande encomenda
em que pediu vários tipos de vegetais fermentados.
Pouco depois, Kamaki conseguiu que os outros hotéis,
desde Princeville a Poipu, começassem a encomendar.

Agora, Lina e Kamaki sentam-se muitas vezes no
seu alpendre traseiro, enquanto os ventos alísios
agitam as palmeiras. Kamaki abriu um portão na cerca
que separava o seu quintal do de Moke. Das árvores
do seu quintal, Moke traz cocos arrefecidos com as

pontas cortadas, prontos a beber. Finalmente, os vizinhos tinham-se envergonhado da forma como trataram Moke, especialmente o homem que levou os nabos fermentados para casa para dar à mulher.

Moke tinha finalmente conseguido comprar uma unidade de eliminação de lixo e algumas roupas novas. Fez uma limpeza e branqueamento de dentes, mas ainda esconde o sorriso atrás da mão, por não estar habituado a mostrar o branco-pérola. Está a tentar comprar uma pequena carrinha e depois disso doará o seu triciclo ao centro-de-dia. Kamaki fertilizou o solo do jardim de Moke e recuperou-lhe a saúde. Moke e ele cultivam vegetais e mantém ordenamento dos dois quintais. As encomendas de vegetais fermentados tornaram-se grandes, pelo que Kamaki o leva às compras no mercado. Lina editou um livro com as confeções estranhas e *ono* de Moke esperando publicá-lo. Decidiram chamar-lhe *Receitas Insulares Pupule*.

PLANAR

Quem me dera ser um pássaro, uma águia poderosa, talvez uma pomba branca, ou aceitaria ser um ganso, porque um bando de gansos é um grupo coeso que se apoia mutuamente ao voar em V, em que cada um toma a liderança à vez ao cortar o ar, enquanto os outros vão à boleia do vento que lhes permite descansar e, em última instância, voar mais longe, como nós poderíamos para que pudéssemos atingir potenciais nunca antes alcançados neste pequeno mundo de tristeza e dor infinitas onde estou trancada e que me mantém a desejar planar como tu, no teu mundo, onde pareces ter tudo e passas os dias a sorrir em segredo e me deixas sozinha a manter juntos os pedaços enfraquecidos das nossas vidas sem, pelo menos, gratidão, porque simplesmente não falamos; tu por medo de te fugir a boca para onde andaste e eu, porque tenho ficado enjaulada, frágil prisioneira da consciência por demasiado tempo, mas agora tenciono planar, porque segui o teu carro, indo eu, o pássaro livre, no meu até que onde baixas as asas e, no entanto, não consegui pensar porquê; enquanto me mantive à distância a imaginar-te a experienciar momentos de êxtase roubado que não me inclui, porque perdi o desejo de construir o mesmo ninho exceto quando deixas a tua roupa suja social comigo e esperas que eu proteja a tua imagem pública mais uma vez, o que me faz, mais uma vez, desejar ser um pássaro sem incumbências e, demasiadas vezes, já escapo para planar acima de telhados e árvores e até às nuvens para sentir o vento e a chuva limpar-me das tuas indiscrições e restaurar a vida que é minha e mais livre que a tua no teu pequeno mundo clandestino, porque é exatamente isso, pequeno, tal como eu em negação a voar no meu carro te seguindo noite após noite, como se tivesse de sentir dor outra vez, para me fazer parar com o meu escapismo e me libertar dos restrições que construíste para me manter no chão, para poder verdadeiramente ser aquele pássaro gracioso planando a subir para longe do estado de confusão em que nos puseste, porque lá fora, onde sou livre, encontrei uma nova força pela graça de uma autonomia imaginada que me dá coragem para pairar uma e outra vez perto da casa onde observo as sombras nas persianas e vejo as luzes apagar e mais tarde volto sombriamente mesmo antes de saíres para voltar para casa, como se fosses dono do mundo, onde também eu vivo e onde os meus voos imaginários me fortaleceram enquanto tenciono planar, independentemente de ser desajeitada como um ganso, o que te restará depois deste pássaro livre aterrar é o caos que estou prestes a largar em cima de ti.

EXTRACORPORAL

Corri tão rápido quanto conseguia. *Não faço parte disto!*, ricocheteava o meu cérebro. Só mais um tipo na rua. Embora tivesse a vantagem de estar sob o manto da noite, o som de passos apressados atrás de mim aproximava-se e, para onde quer que me virasse, agachasse ou corresse, os passos persistiam. Esgueirei-me por uma porta que estava entreaberta e saí pelas traseiras do edifício pela viela e atravessei outra rua.

Malditos candeeiros de rua, malditas luzes néon!

Mais uma viela, mais uma rua e mais uma oportunidade para escapar do homem louco que via como ameaça. Não vi nada, apenas ouvi o tiro. O tipo com mau aspeto que me tentara assaltar caiu e veio uma enxurrada de gente que se amontoou e me deixou de fora. Não sabia de onde viera o som do tiro ou quem fora o atirador. Estava à espera de Karen, que vinha atrasada do dia a ver apartamentos com a sua amiga Ruthie. Dentro de segundos, um Sedan preto acelerou na minha direção. Atrás de mim, uma das janelas escurecidas abriu até meio e cano de uma arma apontou diretamente para mim.

Agachei-me. A bala foi contra a parede atrás de mim, mas o carro seguiu em frente. Baralhado, devia ter-me atirado ao chão. Eles teriam continuado, porém, antes de atravessarem a intersecção, um passageiro de camiseta branca que empenhava uma arma debruçou o seu corpo todo para fora da janela e virou o pescoço para ver se eu fora atingida. Estremeci e perguntei-me porque havia alguém de atirar à toa para me acertar. O assaltante parecia drogado e poderia ter parecido que estavam juntos. O tipo com arma saltou do carro e começou a voltar para trás, a correr na minha direção, enquanto o condutor fez inversão de marcha no meio do trânsito que passava em ambas as direções. Ainda bem que Karen estava atrasada.

Foi esse o último vislumbre que tive do atirador antes de começar a correr. Porque é que a Karen escolheu como ponto de encontro uma rua conhecida por disparos de veículos em movimento? Espero que não esteja a considerar mudar-se para este bairro.

Soou mais um tiro e uma mulher por quem passei foi sacudida por uma bala que a fez estatelar-se para trás no passeio. As outras pessoas viram o que se passara e apressavam-se a acudi-la. Eu continuei a correr. Aquele idiota não estava para brincadeiras. Agachei-me sob uma ombreira e percebi que fora apanhado quando vi apenas duas portas para casas-de-banho, sem lugar para me esconder. O relógio por trás do balcão dava onze e cinco da noite. Forcei a minha entrada por entre duas empregadas de mesa no canto do balcão.

— Socorro! — disse. — Chamem a polícia!

Tinha de encontrar um sítio para me esconder. Corri para a cozinha e vi dois homens a levar o lixo pela porta das traseiras. Passei por eles aos empurrões e saí para o beco.

Agachei-me à sombra de um contentor de lixo, ao lado de um recanto onde se empilhavam paletes de fruta estagnadas e a fermentar. Esperei que o atirador irrompesse pela cozinha, mas apenas saíram os dois empregados para despejar o seu lixo. Perguntei-me onde teria desaparecido o atirador. Colocara-me entre o contentor e as paletes de frente para o lado aberto do beco para a rua. Ao olhar para a rua, aconteceu o que eu temia. O homem de camiseta branca surgiu na janela de luz e parou. Examinou o beco longo e estreito. A luz era refletida pela sua pele suada, mas não conseguir perceber-lhe as feições. Descarado como era, ficou ali com a arma encostada à coxa.

A televisão educara-me. Sei ver quando alguém em perseguição tem uma arma, seja polícia ou criminoso. O cano da arma é rígido e fica numa posição quase vertical. A arma fica apontada ao chão a seu lado, até ligeiramente para trás. O outro braço cruza o peito e apoia o braço, cuja mão segura a arma. O perseguido inclina-se para a frente, pronto a atacar. Os braços e a arma são as únicas partes que não fletem na posição. Para se movimentarem discretamente, coxeavam como animais feridos.

Baixou-se e fez a manobra ao entrar no beco. Apontando a arma a direito, rodou de um lado para lado ao cobrir a área. A minha pulsação acelerava como se o meu coração fosse arder. Cruzei os braços sobre o peito, enterrei os pulsos bem para dentro das axilas e virei a cara para trás, para o canto do contentor, para que a minha pele não refletisse a luz. Por que me perseguia aquele louco? Sustive a respiração e esperei que o homem não me conseguisse ouvir respirar. Congelei naquele lugar e esperei que não me conseguisse ouvir suar. Eu estava mesmo ali nas sombras entrecortadas das paletes de fruta, pouco mais de trinta metros à sua frente, estando a luminosidade fraca a seu favor. Os meus sapatos de sola rija começaram a escorregar na sujidade do chão do beco e quase perdi o equilíbrio ao agachar-me.

Algo se mexeu no lado de lá do contentor. Mais adrenalina foi bombeada e a sua carga podia apenas percorrer o meu sistema nervoso, como ratazanas tresloucadas num labirinto.

Ratazanas!

Duas ratazanas procuravam alimento por trás do contentor. Se fugissem, o atirador encontrar-me-ia.

Da porta traseira do restaurante, ouvi:

— Éi, sai daqui, puto! Sai daqui!

Sirenes soaram, pneus rasparam. Atrevi-me a espreitar por entre as ripas de uma palete. Luzes azuis intermitentes lançaram o seu clarão em padrão circular. Pessoas alvoraçadas ocuparam a rua. A polícia e, esperava, paramédicos. O patife endireitou-se, pôs a arma à cintura e puxou a camiseta para a cobrir ligeiramente. Depois de um último olhar, virou-se e foi de andar gingão para a entrada do beco agindo como se nada fosse.

Uma vez que tinham chegado os polícias, eu estaria seguro. O atirador não se atreveria a balear ninguém à frente da polícia e da multidão.

Enquanto o atirador andava, eu saltei do meu esconderijo e corri a toda a velocidade de volta para a porta da cozinha. Então, os meus nervos ficaram em franja. Vi o atirador dar por mim. A sua cabeça virou de repente na minha direção. Ouvi o tiro e o tempo passou a câmara lenta como se uma corrente elétrica fosse cortada inesperadamente.

———

Algo embate contra mim por trás, mas mal o sinto. O meu corpo espasma numa charada de câmara lenta que parece que nunca mais vai acabar. Já em movimento, sou projetado a voar num longo sopro de vento. Aterro com força de cabeça e sinto um canto de cimento a cortar-me a testa. As vértebras do meu pescoço estalam. Tombo de cara para baixo, porém, não sinto nada fisicamente. A dor começa lentamente porque já estou distanciado do que está a acontecer. Estou a começar a tremer como se estivesse dentro do meu corpo, mas não agarrado à carapaça exterior. A vibração faz um barulho que soa como os lados mais acidentados de duas rochas a serem esfregados um contra o outro à medida que começo a elevar-me. Um zunido amaldiçoado encheu-me os ouvidos e a cabeça. Estou a vibrar violentamente ao sair pelo cimo da minha cabeça. Vejo uma pessoa jazida num amontoado no beco enquanto pairo acima dela. Elevo-me mais e mais alto e vejo dois homens a correr do restaurante em direção ao corpo estatelado no cimento sujo. A polícia à entrada do beco atira contra um homem de camiseta branca ao chão e puxam-lhe os braços para trás das costas. Apercebo-me de quão alto subi. A minha ascensão é normal e sem esforço.

As imagens no chão desaparecem como se eu diluísse em esquecimento. Estranhamente, três grandes orlas douradas acima de mim explodem com um estalido surdo quando ascendo através delas. O vazio é preenchido por branco radiante que muda para tons infinitos e reluzentes como nunca vi antes. Quando atento nas novas cores, sou invadida pela perceção de que isto é importante e flutuo ainda mais para cima. Essa é a última vez em que consigo pensar em alguma coisa. As minhas emoções e razão são fugazes. Simplesmente... sou.

Um esplendor sem fim envolve-me e não conheço nada que não seja a paz absoluta. Sou mais completo agora do que alguma vez fui. Tenho perceção de todas as direções e não há limitações em frente, para trás ou para os lados. A luminescência persiste tanto quanto sinto e provavelmente além disso. Estou simplesmente dentro de uma luz que envolve tudo que está dentro de mim. Sou uno com ela e sinto a paz total como nunca a conheci.

A minha cabeça parece invulgarmente repleta de uma nova energia cinética. Com esse pensamento, percebo que a minha capacidade para raciocinar está a regressar. Sinto as minhas emoções outra vez, o que acho despontante. Afundo... afundo... para baixo e para fora do esplendor. *Espera!*, quero gritar. Por que me foi isto mostrado se não posso ficar? Afundo e afundo até que, como se espreitando por um tubo suavemente iluminado, vejo mais uma vez o meu corpo no chão. As roupas tinham sido cortadas e encontravam-se por perto num monte de farrapos. Está completamente nu, exceto por um grande quadrado branco sobre a área lombar. A polícia observa, dois paramédicos colocam um colar cervical em torno do pescoço do corpo e uma placa sobre ele a que o atam à cabeça firmemente. Viram o corpo e placa ao mesmo tempo ficando aquele de barriga para cima.

O meu desalento cresce. Estou a afundar-me para longe do brilho e não me consigo parar. Lentamente, percebo que estou a regressar ao corpo no chão. Deslizo facilmente mais uma vez pelo cimo da cabeça e acomodo-me junto ao plexo celíaco. Os meus sentidos despertam de novo com um formigueiro como se cada célula tivesse estado a dormir. O esplendor brilhante começa a retroceder para o centro do meu ser como uma luz a remeter-se à sua fonte. Os últimos resquícios de luminescência dissipam-se no ar à minha volta, assim como no meu interior em estoiros como se de estrelas minúsculas explodisse um milhão.

———

— Que pena — diz alguém acima de mim —, junto à coluna.

Não aguento a pressão bombeada no meu peito. Sufoco e vomito. Ar inunda os meus pulmões.

— Éi, temo-lo de volta. — diz ela ao pressionar as pontas dos dedos no lado do meu pescoço.

Ela coloca uma máscara de oxigénio sobre a minha boca e nariz e respiro muito melhor.

O meu corpo formiga e mal aguento a sensação nervosa. Quero agitar as minhas pernas e braços, mas não me consigo mexer. A minha cabeça parece que está a abanar para a frente e para trás e ainda está cheia da nova corrente que apanhei da luz. Os meus pensamentos correm freneticamente e o tempo parece dilatar-se, porém, julgando pelos movimentos dos paramédicos, parece-o apenas porque a minha mente está acelerada. As minhas emoções correm pelo espetro entre o choque e o júbilo, estagnando frequentemente no pico da emoção. Apesar de algumas sensações de picadas, continuo distante do meu ambiente e era capaz de me habituar a esta sensação inebriante se conseguisse manter longe a confusão.

Dedos procuram e agulhas espetam. Os meus sentidos parecem mais apurados e aguçados. O cheiro de um beco húmido nunca foi tão pútrido, nem paredes de tijolo tosco tão vibrantes, nem vozes tão penetrantes, nem a noite tão translúcida.

Sou elevado na placa e levado. As sirenes disparam.

As sensações de picadas persistem, especialmente nas minhas pernas. Assisto do meu interior, enquanto estrelas minúsculas continuam a implodir pelos meus membros e corpo. Estou vagamente ciente de universos simultâneos interiores e exteriores; o interior, resplandecente, etéreo, convidativo. Um homem tateia o cimo da minha testa e retira uma gaze ensanguentada.

— Consegue sentir isto? — pergunta a paramédica.

Tento ver e, pelos seus movimentos, sei que golpeia as plantas dos meus pés ou dá piparotes aos meus dedos dos pés, mas não sinto. A dor nas minhas costas parece distante, como se pertencesse a outra pessoa. A corrente no meu cérebro mantém-me ocupado como se a dor não fosse importante.

— É melhor registares isto. — diz o homem ao aplicar pressão constante à minha testa. — A que horas alcançámos este tipo?

— Onze e vinte e quatro.

— Karen. — digo.

Pergunto-me se alguma vez apareceu. O homem retira a máscara, porém, os meus pensamentos são fugazes. Tiroteio aleatório. Sem sentido. Karen chega sempre atrasada.

— Pelo menos não foi baleada.

Começo a compreender o que aconteceu — que no momento em que fui atingido a minha alma deixou o meu corpo por um interlúdio no Espírito. Devo ter tido uma experiência de quase-morte. Estou abismado e, no entanto, tenho de aceitar o meu corpo outra vez, mas apesar das endorfinas que me protegiam, recuso-me a aceitar que as minhas pernas possam ficar paralisadas.

Agarrado à memória da minha visita celeste, o que quero fazer é escapar aos males da vida e regressar ao esplendor que não sabia que existia antes de sair do meu corpo. Por que não vira o túnel de luz que as pessoas dizem ver quando morrem e regressam para falar sobre isso? O que me puxou de volta para a consciência física? Com as luzes de rua para lá dele, não vira as feições do criminoso. Certamente, não seria capaz de o identificar mais tarde. Sou jovem e estou no auge da vida, mas não tenho assuntos pendentes no que toca a minha vida. As pessoas morrem inesperadamente a toda a hora e a vida continua. Por que fui obrigado a regressar a um corpo aleijado ou a qualquer corpo, quando tudo o que desejo é ficar no Espírito?

Com o pensamento no Espírito, maravilho-me com a intensidade hiperativa dos meus processos mentais. Além da miríade de pensamentos simultâneos, há ainda aquele amaldiçoado zunido dentro da minha cabeça e ouvidos, que, surpreendentemente, é calmante em vez de distrativo. A minha perspicácia foi acelerada para a mudança máxima. Sou um observador a assistir aos meus pensamentos a correr a uma velocidade suficiente para alimentar uma cadeia de motores de turbinas. A ambulância abana e solavanca no seu voo. Os paramédicos andam de um lado par ao outro e debruçam-se sobre mim. Sou apenas um observador sorridente afundar-se com espanto num abismo etéreo enquanto os vejo dessa outra dimensão.

Pensamentos são perguntas. Por que não fora eu capaz de me desligar do mundo? Como quando percebi que, no Espírito, estava em paz pela primeira e única vez e que a felicidade terrena se desfaz em nada por comparação. Deveria ter tido algo a que comparar esse pensamento que me manteve agarrado à consciência deste mundo. E as cores — como sabia eu que aquelas eram cores que nunca vira a não ser que me lembrasse de cores que já conhecia? Eram cores que não conseguia descrever com palavras mundanas. Por que não vira entes queridos falecidos como dizem as pessoas quando têm uma experiência de quase-morte? Teria realmente quase morrido?

Por um momento, emociono-me e quero gritar profanações à vida, cujo verdadeiro propósito admito agora desconhecer totalmente. Mais uma vez, vejo a paramédica tocar nas minhas pernas, mas não consigo sentir a passagem dos seus dedos. A noção de paralise infiltra-se e espasmo e grito:

— Não quero viver num corpo estragado!

A máscara na minha cara abafa as palavras, mas, de qualquer forma, o fluxo de energia cinética nos meus lábios impossibilitava-os de se moverem como deve ser. Estremecem e contorcem-se e fazem-me gaguejar como se estivesse com frio. Contudo, sempre que tento atacar a minha angústia com ódio e ira, a negatividade dissolve-se antes de poder apodrecer.

Os pensamentos continuam a corrida, parecendo alongar o tempo à medida que a compreensão influi. Algo de catártico está a acontecer. Além das minhas emoções negativas desaparecidas, penso que sou capaz de aceitar a minha situação ao passo que a agonia mental é dissipada por uma força que deixa mistificado. Se as partidas da minha mente são o resultado colateral de endorfinas naturais, digo-lhes, *E então?* Venham de lá essas hormonas anestesiantes. Sinto-me demasiado bem para me sentir mal.

A minha mente é invadida por uma hiperatividade indiscritível. Em vez de fazer perguntas sem fim, dou por mim a acalmar. Cada pensamento isolado recebe clarificação, cada pensamento inacabado, um fim. Entra na minha mente o entendimento que não era suposto eu morrer, mas tive, em vez disso, uma experiência extracorporal. Não era suposto eu morrer.

Mentalmente, tateio em busca de pensamentos que me possam ajudar a perceber o que está a acontecer. Lembranças vívidas de Ruthie, que conheci através de Karen e me enfadava pela sua crença na consciência superior, marchavam pela minha memória.

— Ruthie. — quase grito ao perceber porque me vem à cabeça. — Ruthie.

A minha aversão às crenças de Ruthie tinham cavado um fosso entre mim e Karen.

O auxiliar remove a minha máscara.

— É a sua mulher? — pergunta o homem à minha cabeceira. — Senhor?

— Lembra-te desse nome. — diz a mulher. — Ele disse "Ruthie".

— Sim, e penso que há pouco disse "Karen".

—... causada pelo trauma-doença-meditação profunda... — Ruthie dissera-o.

— Está incoerente. — diz ele recolocando a máscara.

— Senhor, consegue dizer-nos como se chama? — pergunta outro.

Ruthie teve uma experiência horrível e disse mais tarde que a sua mente andava a toda a velocidade desde então.

— Psicótica. — disse suavemente.

— Diga? — pergunta o auxiliar ao levantar outra vez a máscara.

Os médicos chamaram ao episódio de Ruthie uma crise psicótica causada pelo trauma da violação. O seu único porto seguro desde então era entrar em meditação profunda, durante a qual tivera uma experiência extracorporal.

— Não é psicótica. — digo recordando que não foi descoberto que Ruthie sofresse de psicoses.

Desde essa ocorrência, ela escreveu vários artigos sobre as suas experiências e, evidentemente, alguém a achava credível o suficiente para começar a analisar o seu QI extremamente melhorado.

— A mente humana. — digo ao cair das minhas lágrimas.

Faço força. *Por que não me consigo mexer? Larguem-me!*

— Está a delirar — diz o homem —, a balbuciar.

— E também é combativo. — diz a mulher.

Tratei Ruthie mal; não acreditei nela. Quando nos conhecemos estava a ler livros sobre a maravilha do cérebro humano e como pessoas comuns podem transcender as limitações físicas.

— É claro. — digo.

Desta vez o auxiliar não retira a máscara. Tento abanar a cabeça, mas sinto as mãos do homem a segurá-la firmemente no lugar. O odor a sangue coalhado que encarquilha a pele do meu rosto penetra a máscara e tresanda.

— Não tente mover qualquer parte da sua coluna. — diz ele.

Ah! Não sou capaz de mexer qualquer parte de mim. Grito e, no entanto, sinto-me ridículo durante tudo isto; sempre que desvio a atenção da corrente na minha cabeça, mais quero a ela regressar. Respiro fundo e resigno-me ao conhecimento de que algo mais se passa que não posso controlar e que me empurra e arreda insistentemente da dimensão da sanidade.

Ao recordar as minhas conversas com Ruthie, ondas de confirmação abatem-se sobre mim. Não tive uma experiência de quase-morte. Foi uma experiência extracorporal e devo essa compreensão àquela mulher. Devo-lhe um pedido de desculpa.

— O seu apelido... como é o seu apelido?

Através dos processos normais da mente humana, foi-me apenas permitido espreitar para uma dimensão de consciência superior. O meu corpo pode estar estragado, mas a minha mente está transformada. O meu humor eleva-se. A mente humana, através do cérebro, é capaz de qualquer feito.

Estou a ser retirado na ambulância. Os auxiliares, e muitos outros vestidos de branco, empurram-me na maca pelo corredor. O maldito cheiro antissético a hospital faz-me querer vomitar. O nível de barulho aumenta e faz-me fugir para dentro. Fecho os olhos e afasto a claridade das luzes.

— Perfuração de uma bala única na lombar. — diz a paramédica aos novos auxiliares. — Não saiu. Laceração e hematoma acima da têmpora, possivelmente, com sangramento ligeiro. O paciente está delirante e combativo. A pulsação está instável, as pupilas...

— Sala de traumatismos um. — grita alguém.

Mentalmente, distraio-me ao recordar partes de programas de televisão sobre bancos de urgência com todos a falar ao mesmo tempo, a ladrar ordens freneticamente, as ferraduras e picadelas das agulhas. Já vi tudo e agora aborrece-me. Quero mudar de canal. Faço por me movimentar e falar. Mais mãos seguram a minha cabeça no lugar. Esta gente precisa de saber que eu estou bem. Alguém segura o comando enquanto sou recuado e ligado a coisas. Ou elas a mim. Concentro me na mulher que tem sido a minha salvação.

— Ruthie. — digo.

— Senhor? — pergunta um dos rostos acima de mim. — Consegue ouvir-me? Sou o Doutor Malcolm, neurocirurgião. Vou dar uma vista de olhos à sua coluna.

Uma enfermeira retira-me a máscara.

— Como se chama? — pergunta.

As vozes pareciam vir de outro mundo e apunhalar-me o cérebro sensível. A minha mente começa a navegar.

— Ruthie. — digo de novo.

A minha boca está seca, no entanto, sinto me pegajoso.

— Karen...

— Senhor, como se chama? — pergunta outra vez.

Não respondo porque estou a sorrir e não consigo deixar de pensar que, na verdade, não importa. Nada disto importa. Os meus braços são libertados, porém sinto ao movê-los que estou a recomeçar a aprender como o fazer. A energia que me adormeceu os lábios também me inundou os membros, aglomerando-se nas minhas mãos e dedos, tornando-os moles.

— Vamos levantá-lo. — diz um rosto que paira acima do meu. — Não tente ajudar.

Eu... ajudar? Estou a ser elevado, desviado e aterro numa superfície ainda mais confortável. Estou tão frouxo e mole como um pedaço de papel molhado e tenho sensibilidade a condizer. Preciso de os fazer entender que estou bem, mas tenho tanta capacidade de intervir como quando vejo um desses programas de televisão. Apercebo-me de que não sou o meu corpo e essa perspetiva preenche-me, literalmente, com ondas de alegria. A julgar pelo ar de espanto dos auxiliares quando rejubilo momentaneamente, devem achar que estou louco. Por que me continuam a perguntar o que se passa? Não entenderiam mesmo que eu soubesse explicar.

— Não podemos sedá-lo até sabermos o que está a causar o seu delírio. — diz o Dr. Malcolm.

Este vira-se para um tipo com aspeto de jovem entusiasmado, adornado com um estetoscópio e que mais parece uma criança a brincar aos médicos.

— Qual é a tua opinião? — pergunta.

Não deixe esse miúdo chegar-me a faca!

— Pode ser um trauma medular se a coluna tiver sido atingida. — diz o miúdo. — Também pode ser enfarte cerebral.

Eu não estou delirante. Pensei que o tinha gritado, porém a minha boca não se moveu e ninguém reparou. Tento agarrar alguém para chamar à atenção. O meu braço é restringido mais uma vez.

Um polícia que está por perto segura algo familiar e lê:

— O seu nome é John Marks. Idade: trinta e dois.

Éi, é a minha carteira. Ao fazer a ligação com algo meu, a energia intensifica-se de novo e começo a sentir-me tão bem como quando estive lá em cima no ozono. "A energia estabiliza e vai para onde for que te concentres", dissera Ruthie.

— Já viram isto? — diz alguém.

Ri-se e aponta para a minha zona pélvica e os homens riem.

Questionando o que seria tão alarmante, tento levantar a cabeça para ver, porém, sinto um puxão desconfortável disparar ao longo da minha coluna e apunhalar-me o cérebro. Grito e tombo para trás, mas não antes de ver o fino tecido que me cobre a pélvis levantar um pouco. O movimento que fiz e a incerteza do que se estava a passar pôs-me a cabeça a girar. Aquela nova corrente atravessou-me mais uma vez e vi-a como se tivesse visão raio-X para o plano etéreo que certamente existe dentro de mim.

— Ele tem uma ereção. — diz alguém.

— Ahah, a velha descarga dos sistemas simpático e parassimpático — diz o médico-criança.

"A nova energia estimula o cérebro e deixa-nos excitados de mais", dissera Ruthie enquanto ria. Pensei que tivesse exagerado — um truque para me fazer ver as coisas como ela.

Levanto a cabeça e clamo:

— A energia é real.

Mas por que não consigo sentir a minha própria ereção? Alguém me puxa a cabeça para baixo outra vez.

— Pergunto-me se ele se irá lembrar de alguma coisa. — diz uma enfermeira.

Por que não sentira a minha própria ereção uma vez que a estimulação sempre foi um fator de motivação na minha vida? A ira emerge. Não quero ficar paralisado. Não agora — agora que os mistérios da vida estão ao meu alcance.

Quero revoltar-me. Karen teria ficado comigo esta noite. Tê-lo-ia feito. Bato-me com algo. Os múltiplos tubos intravenosos dançam como cordas de roupa soltas numa tempestade.

— Quero ir embora; tenho de encontrar aquela mulher.

Esforço-me por me sentar, tenho tantas perguntas. Mãos restringem-me.

Mais picadas e sondas, enquanto uma peça fina e aguçada de metal cintilante é espetada nas plantas dos meus pés e levada ao longo das minhas pernas à espera de uma resposta que eu não conseguia produzir. Picado acima da anca, grito. A minha frustração cresce ao perceber que, neste novo estado, aquilo para que dirijo os meus pensamentos intensifica-se.

— Precisamos de perceber porque está combativo... delirante. — diz o dr. Malcolm. — Se a coluna estiver danificada ou houver enfarte cerebral, a sedação só vai disfarçar.

— Tem dores? — pergunta uma voz.

— Sr. Marks? Éi, John. — diz outra mulher. — Acalme-se. Vamos virá-lo ao contrário. Relaxe. Não tente ajudar.

Como se estivesse de novo a ver televisão, o médico baixa-se atrás de mim e emerge com os dedos enluvados cobertos de sangue. Aquele sangue é meu, mas por que não o senti a enfiar os dedos dentro das minhas costas?

— Éi. — grito através da máscara.

Ninguém ouve.

— O. K., levem-no para o raio-X imediatamente.

— diz o médico. — Depois, diretamente para o bloco operatório.

Ao jazer imóvel para a TAC, a estrutura tipo-tubo, suavemente iluminada, para onde sou levado lembra-me do buraco cilíndrico através do qual regressei ao corpo depois da minha odisseia. Uma grande paz invade-me. Está na altura de me aperceber do que me rodeia. Quando tento entender onde estou e o que se passa, a luz interna jorra e mostra-me pedaços diferentes da minha vida para os quais não tenho respostas, as respostas vêm. Quando desvio a minha mente para longe da enchente de atividade mental, para pensar em pensamentos separados, a corrente continua. Simultaneamente, recebo informação a níveis diferentes e, finalmente, fico tão estarrecido pela maravilha do cérebro que não consigo evitar as lágrimas. A capacidade mental que esperei na vida está aqui, a estabilizar dentro da minha cabeça. Estou a receber a overdose de capacidade mental melhorada de que Ruthie falou.

Ao ser preparado no bloco operatório, já não tenho a máscara de oxigénio. Vejo toda agente sob uma luz diferente. Literalmente. "Auras", chamara-lhes Ruthie.

— Auras. — digo tão alto quanto posso. — Auras.

Ela disse que se podia perceber muito sobre uma pessoa dependendo do seu brilho. Não acreditei nela, mas estou a ver auras, todos brilham de maneira diferente e não tem nada a ver com a iluminação da sala. Quero esta perspicácia aguçada. Quero-a para sempre, independentemente da forma como os enfermeiros olham uns para os outros e abanam a cabeça com pena. Eu sorrio a uma enfermeira e ela dá-me umas pancadinhas no braço com simpatia.

Depois de outro exame, o dr. Malcolm diz:

— No seu estado, não vamos precisar de anestesia.

Os enfermeiros viram-me ao contrário. Vislumbro o relógio. 11h55m. Mentalmente, examino uma corrente de pensamento vibrante, porque não faço ideia que coisa macabra vão fazer, que normalmente requer inconsciência. De qualquer das formas, não consigo sentir o meu corpo abaixo das ancas e também preciso de me afastar dessa visão.

Os meus pensamentos desviam-se de novo para o presente quando ouço o médico dizer:

— Andamos a ver demasiadas destas.

Ouço o impacto da bala a cair dentro de um recipiente de metal.

— Uma bala redonda de nove milímetros de arma militar excedente. Por sorte, não expandem.

— Única e redonda? Um atirador sem uma Uzi? — pergunta alguém. — Que arcaico!

As gargalhadas deles tomam-me de assalto em ondas, como se alguém tivesse aumentado e baixado o volume do *stereo* uma e outra vez. Hilaridade num bloco operatório? De facto, esta gente já viu isto demasiadas vezes.

— Destruiu uma parte da L4 e depois ricocheteou para dentro de um músculo. — diz o médico. — Uma ferida bastante limpa; não há grande estrago.

— Este teve sorte — diz alguém. — Mas olhem para o estado em que o deixou.

Depois de uma agulha ser espetada na minha testa por duas vezes, o fedor asfixiante a carne cauterizada alcanças as minhas narinas. Reviro os olhos para cima e, de uma nova direção, vejo uma costureira de coser sendo a pele da minha testa o seu tecido. É curioso saber que estou a ser queimado, retalhado e virado de barriga para cima sem ser capaz de sentir nada disso.

— Só o tempo o dirá. — diz o médico. — Vamos levá-lo para o recobro.

— Ainda não. — diz uma enfermeira. — Olhem... olhem!

Eu também tentei olhar.

— A perna dele levantou. — disse. — Começou a dobrar o joelho.

Ela dá-me umas pancadas na perna embora eu apenas veja e não a sinta fazê-lo.

— Outra vez. — diz. — Vá lá, mexa outra vez.

Nada acontece e eu colapso para trás agarrado à memória da minha odisseia espiritual para me consolar.

— Ele precisa de tempo para sarar. — diz alguém. — A realidade ainda não assentou.

Não posso estar paralisado. Simplesmente, não posso. Uma qualquer força dentro de mim não me deixa pendurar em pensamentos negativos. A minha mente contém um novo sopro de vida. Apesar do meu trauma, sinto-me melhor outra vez do que no meu melhor.

Finalmente, deixado só no recobro a meia luz e escutando a vibração em silêncio, a nova energia pulsa dentro do meu cérebro. Os meus processos mentais ainda funcionam a uma velocidade tão alarmante que meus sentidos continuam aguçados. De vez em quando, obtenho um vislumbre do que será certamente a realidade nojenta desta situação que uma enfermeira mencionou, e começo a tremer incontrolavelmente. Vou ter de controlar o meu medo se quero compreender tudo o que se está a passar.

Não vou ficar a ouvir ninguém a dizer-me que vou ficar paralisado.

De acordo com o que Ruthie dissera, apesar da energia abrandar um pouco depois de alguns anos, o processo arrasta-se e, por isso, encontra um novo nível de inteligência. Será isso o que tenho pela frente? "Qualquer coisa em que te concentres será intensificado", dissera. Ó, por favor, que assim seja. Estou a concentrar-me em andar outra vez.

A mulher cuja própria sanidade eu desprezara, esteve certa. Tenho de a encontrar. Fui acordado pela verdadeira razão para viver e está mesmo dentro do meu cérebro.

O relógio na parede diz 00h58m. Em pouco mais de duas horas espreitei tanto para o Céu como para o Inferno e continuo a presenciar energias dentro do meu corpo que os médicos nunca vêm. Embora tenha ganhado algo ainda indescritível, não consigo, para já, sentir a minha metade inferior e afastar a ideia que vai demorar um bocado até eu ficar normal outra vez.

Uma porta abre-se e esforço-me para virar os músculos doridos e endurecidos do meu pescoço na sua direção. A enfermeira acompanha alguém. É Karen. Ela hesita e olha-me com estranheza. Poderíamos ter sido amantes esta noite. Lembro-me de ter posto aquele fato novo estiloso, que comprei para a impressionar. Vem-me à cabeça a ideia de que o atirador poderá ter pensado que eu era membro de um gangue rival a trabalhar no seu território, porque o meu fato era escuro. Karen aproxima-se finalmente da cama, mas não tenta pegar na minha mão.

— Cheguei mesmo quando a ambulância te estava a levar. — diz de braços unidos nos pulsos sobre o seu tronco.

A sua aura está fortemente recolhida em seu torno. Não ilumina a sala como os médicos e enfermeiras. Não está a chorar ou emocionada. Está demasiado distanciada e apenas a seguir com o que é suposto. Já não tenho hipótese com ela. Animada, ativa, sempre em movimento, Karen não quererá meio homem. Já me excluiu.

Assenta mais um momento de realidade. Quem me quererá neste estado?

O desejo vão causa-me um aperto na garganta e sinto-me patético sob o seu olhar. Pensei que, pelo menos, não tinha pegado na minha mão. Mais um banho de realidade. As coisas estão a mudar demasiado depressa. Bem, não a vou deixá-la ou a este percalço manter-me em baixo. Tenho uma nova vida para viver. Vou encontrar Ruthie.

"Destruiu uma parte da L4", disse o médico. "Ricocheteou para dentro de um músculo". Não disse uma única vez que os meus nervos estavam danificados. Eu senti os nervos das minhas pernas em formigueiro ao reentrar no meu corpo e, mais tarde, também na ambulância. Embora não consiga sentir as minhas pernas agora, pode ser apenas devido ao choque. Não vou ficar paralisado. Vou continuar a mexer-me e retomar a vida precisamente onde parou. Se for para ficar limitado a uma cadeira de rodas enquanto saro, vou precisar de uma com motor, porque não faço tensão de me tornar um vegetal. A realidade pode ir para longe enquanto procuro a sanidade outra vez.

Mais uma vez, a porta começa a abrir-se, mas lentamente. Dela jorra uma luz branca brilhante à frente da figura de outra pessoa que entra no recobro. Que aura!

Karen olha para a porta e depois para mim, como

se nada fora do comum tivesse acontecido. Aposto que não vê auras.

— Enquanto esperava que saísses da cirurgia, telefonei a Ruthie — disse — para falarmos, porque me sentia tão mal em relação a ti.

Concentro-me na outra pessoa. É Ruthie. Ela sorri e aproxima-se. Karen parece aliviada por ser ofuscada com a aura diminuta enquanto o brilho de Ruthie me envolve e conforta.

— Já estás a sarar, não estás, John? — pergunta Ruthie tomando a minha mão.

No momento em que ela me toca, uma carga de energia enlaçou e ligou-nos. Ruthie explicara uma vez que os médicos tinham começado a receitar o Toque Curativo a pacientes hospitalizados e que ela se tinha tornado uma praticante. *Ah, sim, toca-me outra vez. Ensina-me.*

Aguento as lágrimas. Tento falar, mas não consigo. Quero agradecer-lhe por ter vindo. No entanto, tudo o que consigo fazer é apertar-lhe a mão de leve e questionar-me sobre o que me está a acontecer. Assim que o questiono, a minha mente diz-me que o que tenho em comum com Ruthie é muito real. Tal como ela, vou estudar e escrever sobre a minha experiência. A realidade do que aconteceu diz-me que, se a mente é capaz de acelerar, as pessoas devem ser capazes de alcançar este grau superior de intensidade e clareza sem ter de experienciar um trauma. Foi-me atirada uma nova vida, uma nova realidade. A sala brilha. Estou aqui, estou racional e estou mentalmente são, embora, tal como Ruthie, possa ter muita dificuldade em fazer com que as pessoas acreditem nisso.

À PROCURA DE UMA VIDA

Na minha adolescência, procurei homens musculados; aos vinte, homens bem equipados que fossem divertidos. Aos trinta, procurei um homem bem-sucedido; aos quarenta, alguém que conservasse a sua aparência e o físico. Aos cinquenta, procurei um reformado abastado. Aos sessenta, tarde demais, pensei no que teria eu para oferecer.

O MAIS PROCURADO

— TOMA ESTA CRIANÇA PRECIOSA EM TEUS braços repletos de amor. — dizia o ministro.

Os seus olhos estavam fechados enquanto agarrava a Bíblia e inclinava a cabeça em direção ao céu.

Vieram muitas pessoas ao funeral e apareceram junto à campa para a que só podia ser a derradeira despedida. Vieram demonstrar apoio. Alguns dos seus filhos seriam os próximos.

O vento agitava o toldo, mas não choveria naquele dia. Apenas uma semana antes, Jeremy conseguira sorrir inocentemente e dizer que a chuva da estação terminara. Apesar da sua falta de vitalidade e incapacidade para mexer um único membro, disse-o com ar de finalidade, como se a chuva nunca mais fosse voltar. A sua mãe sabia que o fim estava próximo para ele. Ainda assim, rezou por um milagre que permitisse ao seu único filho viver.

Com o tempo finalmente a aquecer, a maior parte das pessoas vestia roupa casual de várias cores. Já não se usava o negro para fazer o luto, mas quem era o homem esquelético, vestido da cor da morte dos pés à cabeça, que se mantinha afastado da multidão? Ele deambulou entre as fileiras de campas parando frequentemente para dar passas longas no seu cigarro. Que falta de respeito!

Jeremy era o terceiro rapaz na vizinhança a sucumbir à SIDA em pouco tempo. Ninguém sabia como os rapazes tinham contraído o vírus do VIH. Há quem diga que foi o dentista das crianças — um de apenas dois na pequena cidade. Os dois já falecidos, mais Jeremy e outros que já tinham passado a ter SIDA com todas as letras, tinham recebido tratamentos dentais no mesmo consultório. No entanto, o dentista fora testado e não tinha o vírus do VIH; como também não tinham os seus assistentes ou o higienista. Até os procedimentos de esterilização dos seus instrumentos tinham sido escrutinados e nenhuma irregularidade, encontrada.

— Veio de outro lado. — disse Viviana.

— Ó, Viv. — disse Mavie sussurrando e encostando-se ao abraçar os ombros de Viv. As cadeiras de metal em que se sentavam chocaram uma contra a outra quando se inclinavam sobre a relva e terra fofas.

— Nenhuma irregularidade? — perguntou Viv engasgando-se com as palavras.

— Em relação a quê? — perguntou Mavie.

Recostou-se de novo na sua cadeira, mas puxou a mão de Viv para o seu colo e segurou-a com força.

Ter alguém a agarrar firmemente a sua mão era como ter uma corda de segurança atada à sua volta enquanto não conseguia manter-se pendurada sozinha.

— Ao meu filho. — disse Viv. — Morto pelo dentista dele?

— Eles não provaram isso. — disse Mavie ainda a sussurrar. — Ainda estão a investigar.

Viv podia apenas sonhar com as respostas. O vento fresco soprava na sua cara e ela estava grata por isso. Sem querer usar negro, mas decidindo que um vestido floral era desadequado, pusera um vestido azul-escuro. O sol do meio-dia batia forte e, apesar de estar sentada debaixo do toldo, o calor estava a tornar-se insuportável. Viv sentia que era possível que desmaiasse. Desejava morrer e juntar-se ao seu amado filho. Jeremy nunca mais respiraria o ar fresco que adorava ao fazer *skate*, jogar basquetebol ou nadar. Talvez o VIH estivesse na água da escola pública.

Frank encontrava-se mudo a seu lado devido mais ao choque do que a não ter nada para dizer. No seu filho, que apenas começara a experienciar ser homem, depositara a esperança nos feitos que nunca conhecera. Uma estirpe perniciosa de VIH devorara rapidamente o seu único filho e os seus amigos e transformara-os em zumbis. Era isto que os outros pais tinham pela frente.

— Demasiados rapazes com SIDA. — disse Viv.

— Que os vivos saibam que esta criança entrou nas nossas vidas — disse o ministro — para trazer alegria e espalhar luz como só uma criança pode fazer.

Porque é que os investigadores tinham esperado tanto para interrogar os rapazes até estes precisarem de um ventilador e estarem demasiado fracos para se importarem? O que tinham aqueles rapazes em comum que não estavam a contar para se protegerem uns aos outros? Que culpa estariam a guardar? Teriam feito alguma espécie de pacto para proteger aqueles que deixavam para trás da vergonha e da perseguição? Certamente, depois do diagnóstico, deveriam ter sabido a fatalidade do seu destino.

— Primeiro, Scott; Larry um mês depois. Agora, Jeremy.

— Chiu. — disse Mavie.

— Os médicos disseram que era provável que Freddie fosse o próximo.

Viv conhecia-os a todos. Depois de Freddie, poderia seguir-se Tommy. Depois, Eddie.

— Todos os rapazes faziam desporto juntos.

Alguém colocou a mão no ombro de Viv por trás — uma maneira simpática de dizer à mãe do defunto para não perturbar a cerimónia. Ela não queria saber. Queria perder as estribeiras, mas faltava-lhe o ar para gritar. Por respeito à última despedida de Jeremy, cerrou os dentes e manteve a boca fechada.

O homem de negro foi-se deslocando para perto da cova em frente ao ministro. O que tinham os seus olhos, o ar de malévolo do seu colarinho levantado contra o vento? Essa figura escondida atrás do colarinho alto, escarnecedora e quase forte o suficiente para anular as palavras finais do ministro.

Momentaneamente, Viv pensou que poderia estar a esforçar-se demasiado por culpar outra pessoa.

— Tudo o que eu quero é saber... — disse sussurrando a Mavie mais baixo tocando também na mão reconfortante no seu ombro.

— Chiu. — disse Mavie afetuosamente ao seu ouvido. — Falamos depois disto acabar.

— E, então, hoje — disse o ministro —, pomos em repouso uma criança que se transformava num belo homenzinho, cheio de curiosidade em relação às maravilhas que a vida tinha para oferecer.

O homem de negro desaparecera. A mão no ombro de Viv retraiu-se.

— Das cinzas às cinzas. — disse o ministro.

As suas lágrimas continuaram a verter. Mavie guiou-a e a Frank para onde deviam ficar. Todos atiraram uma rosa cada um para cima do caixão ou apanharam e espalharam terra solta. Viu, através das lágrimas, uma por uma, aproximarem-se de si as cores das roupas dos outros. Ouviu as suas palavras e consolo, no entanto, as suas caras eram névoas a que ela apenas conseguia acenar com a cabeça. Mesmo quando limpou os olhos marejados, as lágrimas continuaram a fluir livremente.

O cheiro seco a tabaco assaltou-lhe as narinas. Quem era ele? Ela tinha de ver a sua cara de perto. Limpou os olhos precisamente antes de ele lhe apertar a mão. Não a mexeu. A sua mão pendurava-se morta como se esperasse que ela tomasse iniciativa. A sua cara era encovada, um pouco ossuda demais e macilenta, como um esqueleto andante. Um arrepio percorreu-a. Algo nele fê-la pensar no próprio Diabo!

— Os meus pêsames, minha senhora. — disse ele.

Por algum motivo, a frase não parecia acabada. Acabou num tom animado, como se se estivesse a gabar. Viv tirou a mão da dele. Ele quase sorriu ao afastar-se para dar vez ao próximo consolador e desapareceu rapidamente.

Mais ou menos uma semana depois do funeral, Frank chamou-a da sala. À exceção das notícias e alguns programas sobre a natureza, ele e Viv raramente viam televisão. Era o brinquedo de Jeremy. Ele preferia os programas como *Nova* ou dos canais Natureza ou História. O pessoal do hospício retirou todos os vestígios dos seus cuidados com Jeremy e não deixaram recordações. Essas estavam no quarto de Jeremy, mas a porta mantinha-se fechada. Contudo, ultimamente, o som da televisão preenchia o vazio que normalmente era ocupado por Jeremy, a tagarelar sobre temas que achava interessantes e pela sua ânsia de avançar na vida.

— Viv! — gritou Frank outra vez. — Vem cá! Despacha-te, Viviana!

Ela foi logo. Estava no ar o *America's Most Wanted*[1] a que prestou pouca atenção mesmo com Frank a implorar que se sentasse.

— Porquê? — perguntou ela. — Não vemos estas coisas.

— Vê desta vez. — disse ele.

Assim sendo, ela viu. Não viu nada que precisasse de saber. O *America's Most Wanted* fora responsável pela captura de mais um prevaricador. Viv estava agradecida por isso.

— Frank, por favor. — disse implorando. — Não precisamos deste tipo de distração.

— Vê! — disse ele.

O segmento que se seguiu no ar era sobre um homem chamado Logan Brooke que abusara de meninos noutros estados pelo país. Brooke desaparecera das áreas havia quase dez anos e o seu paradeiro era desconhecido. Uma velha fotografia da cara roliça do homem iluminou o ecrã. O estômago de Viv deu-lhe uma sensação de enjoo ao ver a imagem, aparentemente inócua, de alguém que poderia ser um pedófilo. O quadro de notícias seguinte fê-la tremer violentamente e quase desmaiar na sua cadeira. Quando os rapazes na Califórnia começaram a morrer de SIDA, cada um começou a contar as suas histórias horrendas. Logan Brooke fora identificado e confirmado como o homem que espalhara o vírus do VIH entre meninos na Costa Oeste.

— Poderá ser isso? — perguntou Frank arfando e

debruçando-se para a frente na sua cadeira. — Poderá ser ele?

Viv esforçou-se por entender. Se Logan Brooke fora infetado com o vírus do VIH dez anos antes e o espalhara, certamente estaria também perto do seu próprio fim. Se aquela cara redonda e pálida, que agora parecia vulgar, pudesse ser engenhosamente levada a ter um ar moribundo...

John Walsh disse o que estava a pensar:

— Embora o vírus leve a pessoa a definhar, a sua estrutura óssea permanece igual. Um artista forense produziu a sua versão do aspeto que Brooke poderá ter hoje.

A reprodução do artista de um Logan Brooke muito adoentado surgiu no ecrã.

Tanto Frank como Viviana saltaram dos seus assentos.

— É ele! — disse Frank. — Desapareceu porque atravessou o país. Foi ele! Aposto que foi ele!

— É *mesmo* ele! — disse Viv a gritar e apontar. — Era ele o homem magro de negro no funeral de Jeremy!

AS VACAS DO AVÔZINHO

A avózinha e o avôzinho tinham quinze pequenos seus, por isso eu tinha um monte de primos. A maior parte dos rapazes eram iguais de cabelo louro-sujo esgadelhado e olhos cerrados. As raparigas eram melhores. Eramos diferentes umas outras dependendo da cor do cabelo e do tamanho dos nossos peitos.

O avôzinho mudou muitos de nós para um parque de rulotes degradado perto dos carris. Ele e a avózinha viviam numa dupla ao lado do prado porque tinham uma vaca leiteira. Os vizinhos mudaram-se e entraram mais membros do nosso clã. Não importava que as rulotes tivessem sido abandonadas por estarem velhas; nós eramos uma família que se mantinha unida. Em pouco tempo, o nosso clã ocupou todas as rulotes utilizáveis naquele maldito campo infestado de ervas daninhas. Os pobres pensavam que éramos ricos.

Todos os que visitavam pediam para ver o resto das rulotes vazias. Eu já me tinha esgueirado e visto que estavam vazias tirando alguns colchões que os vagabundos tinham deixado para trás. Quando eu perguntei porque é que os meus tios levavam as suas namoradas a inspecionar essas velhas rulotes quando saíam em encontros, o avôzinho dizia:

— Eles só querem abençoar a nossa casa nova.

Depois batia no joelho, rugia até os seus olhos humedecerem e começava a tossir. Recusava deixar-me ir ver as outras pessoas e ficava mesmo mau quando eu tentava.

— Tu, fica quieta, menina. — dizia. —Há tempo que chegue pra aprender as coisas da vida.

O meu papá era um faz-tudo, e ele e o avôzinho uniram algumas daquelas rulotes para podermos ir de uma para a outra sem termos de sair. Quando os amigos vinham para fazer travessuras, aquelas rulotes velhas abanavam e, uma vez, os pneus podres de uma delas explodiram.

Effie May era a minha prima mais próxima. Era mais velha que eu. Os rapazes diziam que ela parecia uma vaca. Uma vez, quando foram para as rulotes, disseram que iam ordenhar as vacas. Como se fosse uma piada porca ou assim. Effie May passava muito tempo com os rapazes. Dizia que eram os seus primos beijoqueiros.[1]

Um dia, Effie May sussurrou-me:

— Eles acalmam os meus desejos, sabes?

Eu não sabia. Via-a e à prima Wilma Lou — de quem a minha mãe me tinha dito para me afastar — entrar e sair das rulotes abandonadas do outro lado do parque, com uma data de rapazes uma e outra vez. Effie May era muito esperta, dizia que sabia ser útil às pessoas. Ela tinha sempre dinheiro. Mas eu? Eu não queria ser criada de ninguém. Eu e a minha mamã eramos chegadas. Eu era loura como o resto do clã, mas o meu cabelo tinha apanhado algum do ruivo da minha mamã. Gostava mais dela que de todos, mais do que de Effie May, porque a mamã explicava-me as coisas.

À medida que nós, crianças, crescíamos, acho que o avôzinho pensava que ainda tinha de alimentar todo o clã. Um dia, depois da avózinha doado a vaca velha que tinha secado, ele veio para casa com outra.

— 'Tou cansada e ficar o dia todo sentada a abanar nata pró cimo daquele frasco só pra fazer manteiga. — dizia a avózinha.

— Então, também não temos dinheiro pra a que se compra na loja. — dizia o avôzinho.

Johnny Jeb era um primo que armava sarilhos continuamente. Costumava espremer a teta da vaca para nós bebermos quando ficávamos com sede enquanto ele ia brincar. Esguichava-nos só para ser mauzinho. Tínhamos sorte porque o avôzinho nunca sabia o que eram as nódoas empapadas nas nossas roupas, nem porque é que as folhas de agarravam ao nosso cabelo, porque depois de sermos empurradas para lá, nadávamos no riacho vestidas e ele não percebia a diferença.

— Vocês, netinhos, são mais porcos do que os meus filhos alguma vez foram. — dizia ele. — Quem diria que vivem melhor hoje?

Alguns dos meus tios e tias davam vassouradas nos seus filhos por virem sujos para casa. A minha mamã só sorria, deitava água para uma velha banheira de latão, atirava-me com o sabão natural da avózinha e dizia:

— Põe-te de lá de molho, querida.

O avôzinho nunca percebeu porque é que a vaca não dava muito leite. Ele gostava da Bossie, a sua última vaca, e, em vez de se ver livre dela, trouxe mais uma para casa.

Johnny Jeb adorou isso. Ele ensinou o primo Bobby Zeke a esguichar e fazer lutas de leite no prado. Quando o resto começou a rir, todos nós aprendemos a esguichar.

O avôzinho arranjou uma terceira vaca, só para conseguir leite suficiente para as nossas famílias todos os dias. De qualquer das formas, entre as três, mantinham as ervas daninhas bem controladas. Mas cheirava mal e os rapazes eram mandados apanhar as poias de vaca e atirá-las para um campo baldio. Nós, raparigas, ficávamos longe dessas lutas de poias.

Mais tarde, quando comecei a pensar em rapazes, olhei para o espelho para ver ao que é que piscavam o olho. Os meus peitos tinham finalmente crescido como os de Effie May. A minha pele não tinha mau aspeto e o meu cabelo brilhava como o sol.

— Por que achas que é assim? — perguntei um dia à minha mamã.

— Deve ter sido toda aquela nata fresca que atiravas para a cabeça em pequena. — disse ela.

Eu nunca soube o que ela sabia. Tenho uma imagem clara da minha mamã agora que sei que ela nos deixava, às crianças, aproveitar a alegria lá atrás, quando éramos mais novos. Olhei para ela com muita seriedade porque, de repente, a admirava mais. O seu cabelo acobreado era tão brilhante.

O meu papá disse que tinha amadurecido muito bem. Andava de um lado para o outro a olhar para mim como se fosse um pedaço de ouro que o ia tornar rico ou assim. Perguntei-me se ele e a mamã me iam deixar ir fazer travessuras. Effie May disse que me podia contar como tratar dos meus desejos.

O MENINO NO CRUZAMENTO

O MEU COMPANHEIRO DE CASA, HAL, LEVOU AS costas da mão à testa.

— A reforma dá tanto trabalho. — disse fingindo cansaço. — Vamos à praia.

Pus o fato de banho e envolvi uma echarpe curta em seu torno que atei à cintura. Adoramos nadar. Não só nos mantém bronzeados e saudáveis, como magros e com aspeto jovem a meio da vida, apesar de termos os dois cabelo grisalho.

Carregámos a carrinha dele com equipamento de mergulho e praia, e arrancámos assim que o nascer do sol começou a irradiar. Tirando as luzes públicas e residenciais, as áreas rurais da ilha de Kauai, tal com as da maioria das ilhas no Havai, são bastante escuras à noite.

Ao aproximarmo-nos de um trevo na autoestrada que rodeava o nosso pequeno bairro, avistámos um menino de mais ou menos oito anos. Andava de um lado para o outro num padrão errático, como se estivesse a tentar apanhar alguma coisa no chão. Estava sozinho.

— Que raio...? — perguntou Hal ao inclinar-se para a frente e esforçar-se para ver pelo para-brisas.

O rapaz viu-nos a aproximar e foi para a berma. Virou-se e regressou ao outro lado. Ao chegarmos mais perto, parou mesmo no meio da estrada, onde essa cruzava com a autoestrada. Por fim, virou-nos as costas e ficou de braços rigidamente unidos ao tronco. Tinha o cabelo muito curto e as suas roupas eram boas e limpas. Pensei que talvez tivesse saído cedo demais em preparação para ir à igreja.

Hal parou ao lado do rapaz, esticou a cabeça para fora da janela e perguntou:

— Estás bem?

— Es... estou bem. — disse ele.

A sua voz falhava. Deu mais um passo para ir embora e parou; deu um passo na direção oposta e parou. Olhou-nos de soslaio e revirou muito os olhos. Não olhava para nós diretamente, mas abriu a boca algumas vezes como se quisesse falar. Parecia que ia chorar. O seu lábio tremeu. Pensei que estivesse prestes a confessar alguma coisa. O meu instinto maternal despertou. Queria confortá-lo de alguma maneira.

— O que estás tu a fazer no meio da estrada à noite? — perguntou Hal.

Os olhos do rapaz saltavam para a frente e para trás enquanto ele se esgueirava dando a volta à traseira da nossa carrinha.

Chamei por ele da janela do meu lado.

— Tens a certeza de que estás bem?

Deu dois passos na nossa direção.

— Aa... sim. — disse ele. — Sim.

Ele mantinha a mão direita pressionada contra o seu tronco escondendo algo.

— O que tens na mão? — perguntei.

Não parava quieto. Pensei que talvez fugisse. Por fim, hesitou por um momento e, então, lentamente, mostrou-me a sua mão.

— Só a minha tesoura. — disse ele.

A sua voz estava carregada de culpa. Virou a pequena tesoura uma ou duas vezes para me mostrar. As pontas longas e aguçadas reluziam. Fechou-a e guardou-a rapidamente no bolso da perna das suas calças. Outras ferramentas de metal espreitavam para fora e chocavam umas com as outras. No crepúsculo matinal, não conseguia ver o que eram.

— Onde vives?

Os seus olhos arregalaram-se bem. Ele olhou para o fundo da nossa rua, pareceu emocionar-se, mas não disse nada. Enrolou um dedo no seu cabelo e puxou com força. Pensei que fosse arrancar um tufo inteiro de cabelo. Os seus lábios tremiam ao virar-se e caminhar de novo para a berma. Finalmente, olhou-me diretamente nos olhos. Os seus olhos imploravam, mas pelo que? O que poderia ele estar a fazer no meio da estrada, antes do nascer-do-sol, e que lhe causava tanta angústia? Comecei a sair do carro para ver se o conseguia ajudar.

— Vou para casa. — disse ao começar a correr.

Fiquei ao lado do carro e observei-o a agachar-se para entrar num quintal a pouca distância da nossa casa. Pelo menos, estava em casa.

De novo a caminho, perguntei a Hal:

— O que poderia andar a cortar na rua a esta hora? Só bichos assustadores é andam por aí à noite.

— Não tires conclusões precipitadas. — disse Hal. — Ele não tinha sangue nas mãos.

Depois de um dia ótimo a mergulhar na Costa

Norte, Hal e eu jantámos no nosso restaurante local preferido na cidade de Old Kapaa. A escuridão estava a assentar quando nos aproximámos de casa, porém ainda havia luz suficiente para eu ver o mesmo rapaz no relvado duas portas abaixo. Não pensara nele o dia todo. Picava ferozmente um gato magricela cinzento-tigrado, aparentemente encurralado contra uma árvore rasteira. Não me parecia que estivesse a brincar. Deve ter batido no gato porque este gritou furiosamente, tão alto que conseguíamos ouvi-lo, e pulou da árvore saltitando dali para fora a coxear. Algo na mão do rapaz reluzia. Este começou a correr atrás do gato, mas viu a nossa carrinha, virou as costas e parou rigidamente, antes de disparar a correr para o quintal. Aquela casa era a única arrendada no nosso pequeno bairro maioritariamente de famílias calmas e detentores de casa reformados. Atraía uma ou outra família de passagem. É possível que os pais dele trabalhassem e o deixassem sozinho a maior parte do dia.

Depois de o ver atacar maldosamente o gato e, evidentemente, feri-lo, não consegui conter-me. Fui até lá e bati à porta. A mulher que a abriu poderia ser avó rapaz. As suas camadas de maquilhagem e pestanas postiças exageradas pareciam deslocadas no nosso clima húmido e tropical. Vestia um *muumuu*[1] havaiano muito grande, largo e amarrotado. Arfava e bufava como se tivesse sido um grande esforço acartar com o seu arcabouço até à porta da entrada para a abrir.

— O seu menino — disse depois de me apresentar — ... estava no meio da bifurcação antes de amanhecer e—

— É o segurança do bairro. — disse ela.

Não sabia que a nossa zona precisava de um programa de segurança. Devo ter parecido confusa.

Ela encolheu os ombros e os cantos da sua boca estremeceram nervosamente quando tento sorrir. O seu batom vermelho carregado preenchia as rugas nos cantos da sua boca.

— Mantém a área limpa. Vê-se livre das osgas por mim. Odeio aquelas sardaniscas estúpidas!

— É por isso que tentou esconder a tesoura?

— Esconder? — perguntou ela. — Não tem nada que esconder. O que ele me faz é matar aquelas osgas nojentas... e sapos viscosos também. Não sei de onde vêm, mas o que fazem de melhor é morrer.

Recordei uma conversa que tive com o marido da minha vizinha pouco depois de se mudarem para Kauai. Ele disse-me que as osgas controlavam os insetos e outras pestes que infestam as nossas casas, especialmente as térmitas. Os sapos não faziam mal a ninguém e controlavam os insetos nos nossos jardins.

O rapaz entrou na sala com uma lata de cola fazendo barulhos gorgolejantes e de engasgo afundar a tesoura para baixo no ar uma e outra vez, como se apunhalasse algo. Viu-me. Os seus olhos arregalaram-se e virou-me a cara.

A mulher voltou-se e gritou:

— Já te disse para não trazeres comida e bebidas para esta sala!

A sua sala de estar estava tão imaculada que parecia não ser usada. Chamou-o de novo à sala e ele entrou devagar, sem lata e sem tesoura, e a evitar olhar para mim. Ela envolveu-o nos seus braços e puxou-o para a sua frente. Ele fitou o chão.

— Só achei perigoso que ele estivesse no meio da bifurcação no escuro. — disse eu.

— Ele vagueia muito. — disse ela. — Mas é um menino crescido. Mata aquelas pestes onde quer que as encontre e simplesmente corta-lhes logo a cabeça!

Ela fazia-o parecer um verdadeiro profissional.

Comecei a sentir-me desconfortável em relação a toda a situação.

— Acho que só queria certificar-me que ele estava bem.

Ela deu-me meio sorriso e empurrou o rapaz para o lado de repente. O suor acumulava-se na sua testa e escorria-lhe pelas têmporas.

— Então, agora... meta-se na sua vida!

A mudança de atitude repentina surpreendeu-me.

— Desculpe. — disse quase a gaguejar. — Estava preocupada com ele. É só isso.

Ela fechou a porta antes que eu tivesse tempo de virar as costas e ir embora. Ouvia gritar ao rapaz:

— Sai já da minha sala!

Não conseguia tirar o rapaz ou a estranha mulher da minha cabeça. Controlar pestes no seu quintal era uma coisa, mas não por decapitação. Esquadrinhar a vizinhança no escuro com uma tesoura era um cenário assustador. Lembrei-me de como, de manhã, o rapaz tinha olhado para trás, para o fundo da nossa rua quando lhe perguntei onde vivia. Parecia que queria dizer alguma coisa. Sabia que o que estava a fazer era errado, mas não tinha escolha senão seguir os ditames daquela mulher dominadora e pagaria caro se o contasse.

Mais tarde, quando estava prestes a entrar para o chuveiro, ouvi barulho lá fora, na rua. Uma mulher gritou, outros clamavam iradamente com vozes agudas de crianças à mistura. Ouvi a voz da avó impor-se àquele tumulto. Tive pena de qualquer pessoa que tivesse de lidar com ela. Entrei no chuveiro. Os vizinhos resolveriam o quer que fosse em que se tivessem metido.

Por cima som da água do duche, ouvi sirenes a aproximar-se e quando estavam perto, reconheci-as como sendo de carros de polícia. Quando saí do chuveiro, ouvi outra sirene — a dos bombeiros paramédicos. Chegara uma ambulância.

Alguém me bateu à porta. Sequei-me rapidamente e enfiei uma roupa. A minha vizinha estava no meu alpendre com um ar baralhado e agarrada à mão da sua pequena filha.

— Ouviu as sirenes? — perguntou.

Olhei para a rua e vi as luzes dos carros da polícia a girar, mas não conseguia perceber o que se estava a passar. Já estava escuro quando os auxiliares puxaram a maca da traseira da ambulância. A polícia mantinha os vizinhos à distância.

— O que se passa ali?

— O rapaz novo que se acabou de mudar para cá. — disse ela gesticulando em direção à confusão. — Começou a brigar com Andy, um amigo da minha filha. Ele cortou-lhe a garanta ao atravessar.

Arquejei e percebi que a minha boca se escancarou.

— Já que aqui estou — disse ela —, também tinha uma pergunta. O nosso novo gatinho persa está desaparecido. Viu-o?

A CIÊNCIA DA CANTINA

Entre aulas, se nós, estudantes, precisássemos de passar o tempo antes da sessão seguinte, o melhor sítio para relaxar e conviver era na cantina da faculdade. Era aí que a observação de pessoas podia ser desenvolvida para se tornar um talento. Os meus amigos referiam-se jovialmente a essa socialização como a ciência da cantina.

Frequentemente, eu chegava mais cedo, sentava-me sozinha a uma das mesas compridas, e esperava que eles acabassem as suas aulas. Muitas das pessoas que conhecia também tinham aulas às mesmas horas durante o dia. Outras vezes, travava amizade com alguém de uma das minhas aulas — começava uma conversa e acabava por me sentar com essas pessoas. Além das grandes amizades, a ciência da cantina enchia-me de inspiração única para trabalhos das minhas cadeiras de psicologia e escrita criativa, mas havia um tipo que eu evitava a todo o custo.

Harvey, na sua grandeza e jardineiras de ganga por lavar que envolviam o seu estômago descaído e volumoso, sentava-se sozinho no seu pequeno vácuo na ponta mais distante da cantina, a ratar furiosamente as suas unhas. Sempre que tirava um pedaço de sebo, lançava-o para dentro da boca sem ver o que poderia ser; era apenas suficientemente grande para uma mordidela.

A seguir, cavava os ouvidos para libertar qualquer coisa. Depois, os seus dedos desapareciam para dentro do nariz. A intervalos regulares, seus dedos entravam na sua boca. Não passava na primeira casa, ia biscar e ia diretamente para prisão da sua boca. Este tipo nunca havia de chegar a entrar na Estação de S.ta Apolónia ou de comprar a Rua das Amoreiras ou o Rossio.[1]

De seguida, passava com as palmas abertas das mãos bem no fundo das axilas e não conseguia fazê-lo às duas com rapidez que chegasse. Cada mão era, então, levada aberta à sua cara enquanto ele cheirava as palmas e dedos.

O meu estômago dava voltas. Perguntei-me se alguém o teria ouvido roncar.

Harvey e eu trabalhamos para mesma e empresa. Vivemos na mesma vizinhança perto do trabalho. Mostrando indiferença, rezei para que não acontecesse ao ver secretamente os seus olhos percorrer a sala. Enterrei-me na cadeira e o coração caiu-me ao chão quando ele viu onde me sentava e se autoconvocou prontamente para se vir juntar a mim. O meu estômago deu outra volta. Esta criatura andante feita de resíduos animais, vegetais e minerais podia deitar por terra a minha imagem social! O ar determinado do seu olhar tinha um propósito. O seu olhar disse-me os seus pensamentos: *Aí estás, amiga. Vou sentar-me contigo antes que mais alguém o faça.*

O rapaz e a rapariga sentados na ponta da mesa comprida viram-no chegar, pegaram nos livros e papéis e mudaram-se para o outro lado da sala. O odor de Harvey antecedia-o. Deixou-se cair na cadeira ao meu lado, enquanto eu fazia de conta que não reparava nele. Que Deus me livrasse de alguém pensar que Harvey e eu éramos realmente amigos! Imediatamente, vi que não tinha dado por um frito pendurado de fora do seu nariz.

Virado para mim com um cotovelo na mesa e inclinando-se para perto, este tipo com hálito azedo levou menos de um minuto a notar que poderíamos facilitar a nossa vida se nos uníssemos à ida e vinda da faculdade. Recusei dizendo a verdade — que tinha recados para fazer antes de ir para casa depois das aulas todos os dias.

A náusea começou-me a subir do estômago. Engoli com força. De pensar que não fazia ideia o que ele se estava a oferecer para partilhar — o seu aspirador a sugar os seus coágulos de sebo! Ele assumia que podíamos ser amigos? Os meus amigos e eu evitávamo-lo. Tínhamos medo de que o seu cheiro fosse contagioso. Também pairava no ar no trabalho quando passava pela minha secretária. Nunca me aproximava dele e evitava-o como os outros. Evidentemente, o pobre Harvey não conseguia ver além da sua vacuidade.

Visualizei-nos no carro, presos no trânsito, eu a conduzir com Harvey, o passageiro, a dedicar-se às suas unhas e a comer o pequeno-almoço. Na privacidade do seu carro, pergunto-me se levantaria os dedos dos pés.

Às vezes, gostava de não ter uma imaginação tão

ativa. Eu acabara de tomar o meu pequeno-almoço e pensei que o fosse perder. Pedi licença, dizendo que tinha de entrar na aula mais cedo para consultar o professor. Ao apressar-me dali para fora, pensei quando determinaria o grande Harvey encrostado que estava pronto para tomar o seu banho anual.

DOUTRINAÇÃO

Esforçando-me para ver as naves de mais perto, contei cinco, o que são mais dois do que os que esperava. Parecem modelos de outro mundo juntos sob uma bolha. Não posso ser a única pessoa que os vê. As maldizentes do trabalho dizem que sou tocada. Não acreditam nas coisas que me acontecem, por isso desisti de falar delas. Exceto a Frannie. Ela arriscou e contratou a rapariga nova na cidade. Disse que via algo em mim — fosse o que fosse. Deu uma oportunidade a esta miúda com garra e eu jurei que não a deixaria mal. Tornei-me na melhor vendedora da loja. Essa é mais uma razão pela qual as outras mulheres falam mal.

O tipo na faixa do lado buzina-me a duas vezes enquanto estou distraída.

— De certeza que aguentas essa coisa na estrada? — pergunta o buzinador.

— Até faço isto a dormir. — digo com um olhar de soslaio que o informa que está a ser sexista.

As pessoas dizem, um dia, que me vou meter em sarilhos. O que eu sou é única e não vou mudar tão cedo. Sou apenas eu a deixar o buzinador para trás no meu pó, embora a minha impulsividade me leve para engarrafamentos de vez em quando.

Vou a caminho do trabalho na minha mota e estou a tentar mantê-la direita enquanto o fluxo do trânsito para e arranca. Arrastar o pé no passeio ajuda-me a manter o equilíbrio. Estou vestida de pele hoje, mas, às vezes, monto de vestido. Inconformista. Sou eu. As pessoas dizem que sou estranha ou atrevida, ou as duas coisas. O que importa? Tenho um emprego que não tenciono perder e uma vivenda alugada não muito longe, mas as minhas viagens para o trabalho são excitantes. Comecei tarde hoje e pus as primeiras roupas que encontrei no armário. Desperdiçar minutos preguiçosamente a tentar emular uma moda rouba-me tempo de deslocação. Porém, agora, a espera aborrece-me porque o trânsito parou outra vez.

A minha mente vagueia. Subitamente, aquele disco prateado com a parte de cima em bolha passa silenciosamente acima das cabeças numa manobra inaudível de descida e subida. É brilhante e reluzente e tão largo como duas faixas de rodagem. O seu anel exterior diminui até ser muito achatado na periferia, tal como o que é descrito naqueles avistamentos de OVNI.

Está a regressar. Levanto o meu braço no ar como se quisesse fazer contacto. Isso animar-me-ia o dia. O disco iluminado paira sobre mim e eu tento alcançar a ponta e falho. O disco reposiciona-se. Consigo finalmente apanhá-lo e começo a sentir-me tão zonza que a minha cabeça fica baralhada.

Ao avançar-mos com o trânsito, o disco fica comigo como se me puxasse pelo caminho. Está a deixar-me segurá-lo enquanto conduzo — uma espécie de gesto amistoso, a brincar comigo, acho eu. Como meto as mudanças, não sei, tendo em conta que são necessárias das duas mãos para o fazer numa mota. Pergunto-me se os outros motoristas conseguem ver este disco acima de mim. Se não, os outros condutores devem pensar que sou estúpida por ir de braço no ar. Tenho de me rir.

Estou empolgada para lá do credível. Eu sabia que não tínhamos de temer estas coisas. Quando agarrei a ponta do disco, senti-me ligada a ele. Não preciso de esforço para me segurar ao avançarmos juntos comigo a sentir-me mais parte do mundo deles do que do meu. O trânsito para abruptamente e eu não estava a prestar atenção. Largo o disco, mas tarde demais, não sou capaz de abrandar a tempo. Derrapo. O meu pneu da frente raspa no carro da frente, vejo a minha mota a cair desamparada e eu sou lançada, ficando quase a montar na roupa. Durante a descida, a minha mota surge por baixo de mim e eu caio no assento. Incrivelmente, eu e a minha mota estamos bem. O carro em que bati também está porque ninguém está a apitar, a parar ou a entrar em pânico. O trânsito prossegue como faz todas as manhãs. Durante o estranho episódio, não me senti assustada, como se soubesse que ia ficar bem. Então, será que aconteceu mesmo?

Ter de largar o disco foi despontante. Sentia-me ligada àquela nave e queria aproximar-me mais, até mesmo conhecer os seres no interior. Como se tivessem lido os meus pensamentos, o engenho vem, desce e paira sobre mim outra vez antes de desaparecer. Quando o trânsito para de novo, os seres materializam-se à minha direita, sentados no trânsito apertado, num pequeno carro. Cinco caras extraterrestres e grotescas, que levantam o cabelo na parte de trás do meu pescoço, transformam-se em terráqueos.

Estes não são seres que se desejem encontrar a meio da noite. Por um segundo, vislumbro estruturas tipo-tubo a sair das suas cabeças e contorcer-se com as cobras de Medusa. As suas caras têm ranhuras longas no lugar dos olhos e algo luzente e escuro dentro destas. O resto das suas caras está empurrado para dentro — não tinham narizes, bocas ou orelhas, apenas rugas verticais profundas, como se as suas cabeças tivessem sido puxadas do resto dos seus corpos. Algo se estendia do cimo das suas cabeças, mas não tive tempo para perceber o que era. Certamente, deviam comunicar-se telepaticamente. As imagens desaparecem e deixam-me a questionar a minha própria mente.

O meu estômago estremece e envia-me a mensagem que devo esquecer e deixar isto em paz. O meu surto de adrenalina esbate-se depois de mais um momento de vertigem e vejo-os apenas como humanos. Cinco homens. Tenho a memória vaga de ter visto apenas três da primeira vez. Eu sei quem eles são e eles sabem que eu sei — como se também quisessem a ligação. Cada um deles parece estar preparado para começar a rir. Sempre tiveram sentido de humor, embora eu não saiba como sei isso. A minha atenção desvia-se quando reparo no seu carro. É um modelo preto-carvão, novo em folha, de uma espécie qualquer de carro pequeno, diferente de tudo o que é feito neste planeta. Se aqueles alienígenas iam materializar um veículo terráqueo para dar a impressão de serem humanos a partilhar carro, podiam, ao menos, ter manifestado um em que todos eles coubessem. Seria uma mensagem em relação à idiotice das deslocações para o trabalho? É o tipo de humor deles — gozar com a nossa realidade. Os discos voadores não devem encontrar filas de trânsito.

A fila de carros sem fim começa mais uma vez a andar. O meu sorriso de lado para eles diz: "Obrigada!" e "Eu sei quem vocês são!" e "Que loucura! Vamos fazê-lo outra vez!" Cada um deles devolve o sorriso. Temos este segredinho entre nós que não desaparece da minha cabeça. Espero que me sigam pois estou a sentir-me atrevida. Sabe bem partilhar a mente com eles, até meter-me com o carro todo e é tudo feito em pensamento.

Chegando à loja no centro comercial onde trabalho, vejo que me seguiram. Ao entrar no edifício, a mulher do carro atrás de mim na estrada quando levantei voo aproxima-se de mim pelo lado direito.

Pergunto na brincadeira por cima do ombro:

— Não viu nada daquilo, pois não?

— Não. — diz ela. — Eu sou de Roswell, no Novo México. Dizem-nos que nunca vimos nada a voar e para também não acreditar no mito do Hangar 14.[1]

Ela desaparece por uma porta.

Uma voz que parece projetada para dentro da minha cabeça diz: "Ela tem ao mesmo tempo inveja e admiração... só consegue tolerar olhares breves.". Olho à minha volta e não vejo ninguém.

Estou a cantar a canção alegre que diz: "Eu sei... eu sei... eu sei..." Os alienígenas conseguem ouvir-me e como uma mensagem silenciosa entre nós. Diz-lhes que estou jubilante e à vontade com o que está a acontecer. Eles leem a minha mente e desenvolvem confiança.

Dentro do meu local de trabalho, os meus colegas apercebem-se de que estou a ser observada.

— Olhem quem está a ser seguida outra vez. — diz alguém com a voz a tinir de inveja.

Os extraterrestres estacionaram na berma do passeio mantendo-se como humanos, mantendo-se por perto como se quisessem saber todos os meus pensamentos. Estamos mutuamente curiosos e eles também estão satisfeitos por terem, finalmente, feito uma ligação com uma terráquea que não tem medo. Como sei disso está para lá do meu entendimento e também recordo vislumbres de ocorrências semelhantes no passado. É como se estivesse a ser doutrinada para ter uma experiência inacreditável em doses pequenas que estão a começar a encaixar-se. Quero mais!

Viro-me para olhar para o passeio e o movimento enche a minha cabeça de uma sensação de tontura. Quando passou a vertigem, as minhas roupas já estão mudadas e estou pronta para as vendas. A minha mente deve ter-se distraído com o aborrecimento do trânsito. Isto já aconteceu antes e eu não conseguia perceber como tinha ido de casa para o trabalho sem me lembrar da viagem. Andar de mota liberta-me. É viciante! Quando penso nisso, não é só o percurso de mota que me dá esta sensação. É... é algo mais.

— O. K., tonta. — diz Frannie. — Vamos começar.

Ela é a única a quem permito chamar-me assim. O trabalho chama, relembrando que tenho de para de me deixar levar por estes sonhos diurnos.

Mais tarde, a entrar na rampa na minha casa, cai a noite. Estou convencida de que o episódio com a nave espacial me ocupou mais do que alguns momentos mortos.

Na luz fusca da minha garagem, o polegar e as pontas dos dedos da minha mão direita estão cobertos com algo prateado e brilhante. Não sai. Na verdade, reluz. Isto parece demasiado, demasiado familiar. O que quer que seja que se tenha apoderado de mim hoje, é bom que se vá embora antes de eu fazer o jantar.

Ao entrar no corredor com tenção de ir direto ao lavatório, o que encontro é uma impressão digital reluzente no interruptor em não tocara. Mais duas reluzem numa mesa próxima. Na verdade, toda a sala irradia com marcas azul-esbranquiçadas reluzentes. Quando entro na sala, vários conjuntos de pegadas com formato estranho, como marcas de válvulas de sucção, surgem no chão em frente ao sofá. Estão aqui!

Mais uma flecha de adrenalina irrompe pelo meu sistema nervoso — o tipo de energia que avisa que algo pode ter corrido inexplicavelmente mal. Sinto-me presa a um corpo que não quer mexer, mas é tarde demais para engendrar uma fuga.

As pegadas mudam de posição e viram-se de frente para mim. Dois conjuntos avançam na minha direção à medida que a sala é banhada um clarão de luz sombriamente fria que desvanece com a mesma rapidez. Está escuro outra vez como tinta azul-escura. Alcanço a mesa mais próxima para me amparar e descubro que não há nada a que me agarrar.

De repente, sinto mais uma onda, desta vez, de maravilha e repugnância ao mesmo tempo. Apesar de aceitar a aventura avidamente, um vislumbre inesperado daquelas caras grotescas e luzidias, a olhar arregaladamente e projetar raios como *lasers* pelo escuro e em mim faz o meu estômago afundar-se. Os dois aproximam-se de cada lado. Antes que desse por isso, as suas estruturas como tubos movediços agarraram-se à minha cabeça! Sou náuseas, zonza, prestes a desmaiar, mas não, isto é diferente. Estou a flutuar... flutuar...!

UM DIA EXPLOSIVO

A caminho de ir ver de uma fuga no ar condicionado do meu carro, travei ao chegar a um semáforo. O carro tanto abraçou como rejeitou a paragem. Segui aos baloiços por alguns metros e, depois, quase me enfiei no carro ao meu lado.

O tipo da oficina disse:

— Um calibrador está avariado, o outro tem um estrago.

— Mas o carro nem tem três anos. — disse eu.

Ele deu-me uma boleia até à minha livraria preferida para ficar à espera do arranjo. Quando telefonei duas horas mais tarde para um relatório do progresso, disse que o carro estava a sobreaquecer, o que fazia com que o líquido do ar condicionado derramasse o excesso. O meu carro nunca sobreaqueceu. Recusei a substituição dispendiosa do termostato até conseguir uma segunda opinião.

Tomei um gole do meu descafeinado da caneca que segurava no ar à minha frente, enquanto tentava encontrar o sítio que tinha parado no livro que estava a ler.

A caneca explodiu.

Em menos de um segundo, estava encharcada em castanho e dois homens na mesa ao meu lado estavam salpicados. No momento de choque, a única coisa que consegui fazer foi fitar a minha mão que segurava apenas a pega da caneca.

No instante seguinte, estava rodeada de mãos que empregavam panos de cozinha, esfregonas e estava a levar pancadinhas de cima a baixo como se estivesse a arder.

O gerente destas pessoas atenciosas sabia o meu tipo de café preferido e surgiu um copo de papel por conta da casa e pedidos de desculpa profusos.

Depois de todos se terem acalmado no café, levantei o copo de papel beber um pouco do café acabado de fazer e tampa de plástico saltou-me para a cara. O vapor cobriu os meus óculos, mas percebi o que estava a acontecer antes do copo inclinar demais e derramar.

Mais tarde, na livraria, eu e a gerente estávamos a troçar das manchas castanhas na minha camisola amarelo-claro.

— Era um copo de vidro ou louça? — perguntou.

Enquanto explicava como aconteceu, a pilha de DVDs que ela carregava em braços, literalmente, explodiu para fora dos seus braços e caiu em desordem no chão.

— Acho que não devia estar perto de si hoje. — disse ela, enquanto ambas nos riamos.

Depois de recuperar o meu carro e de me dirigir para casa, numa estrada complicada conhecida localmente como Travessa do Sangue, uma carrinha passou por mim a voar e, de repente, rebentou-lhe um pneu. Os meus travões aguentaram-se.

De novo em casa, passei pelo ao dirigir-me ao escritório. Queria perder-me na segurança do trabalho, porém, por qualquer razão, visualizei o meu computador, a minha ligação à vida, a ir abaixo numa névoa de fumo. Olhei para a minha cama e pensei se não deveria apenas entrar, cobrir a cabeça com os cobertores e esperar por um dia melhor.

O CHEIRO DA MORTE

HÁ MUITO TEMPO, APRENDI UMA LIÇÃO VALIOSA, embora, até hoje, as pessoas a achassem risória. Sempre soube da morte de quando vem.

Durante a minha adolescência, o meu avô morreu. Esteve doente por muito tempo. Pensei que o seu odor fosse normal. Até que a minha tia ficou doente e percebi que tinha o odor do avô. Ela também morreu. Falei aos meus pais da essência ofensiva, mas desdenharam-na.

Ao longo dos anos, quando estava perto de uma pessoa doente, sabia se ele ou ela iam melhorar ou falecer, dependendo de como o seu odor avançava ou desaparecia. O cheiro permeava a sua roupa e espalhava-se no ar das suas casas; um eflúvio de química corporal forte, pungente, alterava-se drasticamente como se em decadência, mas era evidentemente indetetável pelas pessoas que estavam sempre com essa pessoa.

Passaram mais de cinquenta anos desde a primeira vez que senti aquele odor e sempre tive razão. Eu e o meu marido estamos juntos quase desde então, embora ele tenha, recentemente, escolhido a reclusão de dormir em camas diferentes. Infelizmente, enquanto me preparo para lhe lavar a roupa, deteto aquele cheiro familiar nas suas roupas e no seu quarto.

LEGADO

Quando desmaiei na missa em memória da minha mãe, ela teria dito jocosamente:

— Margaret, isso não é nada como a tua mãe!

Desejara ser como ela. À medida que amadureci, achei que precisava da minha própria personalidade e vida. No entanto, ainda desejava emular os seus ideais, atitude e criatividade. Depois de anos de trabalho árduo para me sustentar enquanto crescia, quando se reformou, a mãe conseguiu finalmente manifestar os seus sonhos pessoais. O mais importante era pintar.

Ainda tenho os muitos quadros que me ofereceu. Devo dizer que os últimos são muito mais refinados que os primeiros. Ainda assim, preservo-os como o legado da sua criatividade resistente. A mãe acabava de se tornar conhecida no mundo da arte. Depois de uns pequenos AVCs ao longo dos últimos 30 anos, o grande levou-a. Faleceu calmamente durante sono numa viagem a Seattle.

Na altura em que me reformei, já andava a praticar a pintura. Parecia-me lógico fazer o que me era natural. A mãe tinha uma influência tremenda sobre os meus interesses e os meus professores diziam que eu tinha o dom da minha mãe. A mãe ficou radiante.

— És tal e qual aquela pintora Margaret. — dizia a mãe que praticava menos com os anos.

Era esse também o seu nome. Chamou-me como ela, crendo que fazíamos parte da mesma alma, e não necessariamente a almas separadas, como mãe e filha. Como podia ela saber isso logo quando nasci e precisava de um nome? Acho que a sabedoria de uma mãe vem de outra fonte a que só ela tem acesso. À medida de cresci, comecei a sentir que me estava a ser permitido partilhar da sabedoria da minha mãe.

O pai sentia-se intimidado pelas perceções da mãe. Ele teve segredos, mas não por muito tempo. Era como se a mãe conseguisse ler mentes e isso irritava-o. Divorciaram-se quando eu era muito nova e a mãe regressou ao trabalho. O pai morreu de ataque cardíaco. Depois de alguns anos a trabalhar, a mãe reformou-se antecipadamente e mudou a sua vida por completo, o que incluiu a sua mudança para o Havai.

Como de costume, estava certa em relação a sermos gémeas. Não teve de me encorajar. Eu era simplesmente como ela em quase todos os aspetos. Até no facto do meu marido e eu nos termos divorciado quando eu me sentia muito energética em relação à vida e ele, conhecido por ser antiquado e mandrião, escolheu ir à sua vida aos tombos. Só posso esperar que tenha conseguido uma boa vida para si.

Ver o corpo da minha mãe jazendo vestido para mostra antes da sua cremação pôs-me bem na cabeça que ela partira. Eu estava perto e toquei-lhe na face com cuidado, tentando senti-la naquele corpo frio. A sua alma não estava ali, apenas a sua carcaça vazia, já sem o calor que sentia quando nos abraçávamos ou apertávamos as nossas caras lado a lado. A revelação de que a minha mãe desaparecera para sempre, e que eu estava só, fez-me colapsar.

Arrependo-me de não a visitar, mas ela sempre viajou para a minha localização. Ambas tínhamos máquinas fotográficas e gostávamos de tirar fotos a objetos para pintar.

Ao longo dos anos, enviara à minha mãe muitas das minhas telas de que pensava que ela fosse gostar. O meu trabalho não é tão perfeito como o que ela poderia produzir, porém ela dizia que as pinturas davam bem com os trabalhos dela e que tinha orgulho de as ter nas paredes. Elogiava-me e dava-me dicas e conselhos para melhorar as minhas capacidades. Às vezes falávamos horas ao telefone. Tínhamos acabado de nos inscrever no Skype, não só para poupar dinheiro, mas também para que ela pudesse demonstrar uma outra técnica.

Trabalhar e viver tão longe impossibilitava-me de viajar frequentemente. A mãe canalizou e poupou a compensação pelo divórcio e, com a venda dos seus trabalhos, levava uma vida estável. O meu marido não tinha nada, mas eu não dependia dele. Fiz a minha própria vida e fi-la com o sucesso que bastava. Porém, devido às minhas longas jornadas de trabalho, arrependo-me de não visitar a minha mãe na sua vivenda em Moili'ili, na ilha de Oahu, no Havai. Antes da reforma, tinha procurado empregos que me permitissem mudar-me para mais perto dela. Depois da reforma, eu convencera-me a mudar-me sem pensar no amanhã, só para ser espontânea como ela era. Adoro o tempo mais quente. "O clima temperado das ilhas vai assentar-nos mesmo bem", disse a mãe apenas dias antes de ter o seu último AVC.

A mãe deixou-me os seus bens terrenos, mas tal não se pode comparar com tudo o que ela me ensinou — talvez mais do que reconheço ao momento. Encontro-me defronte da sua vivenda, com a urna com as suas cinzas num braço e as suas chaves na outra mão tremelicante. Queria visitá-la e fazer parte desta vida com ela. Por que estive eu tão ocupada? Por que não arranjei tempo?

Do lado de lá dos degraus da entrada, em pequenas camas de flores, helicónias com caules de um metro e longas folhas verdes frondosas acenam-me com a brisa. Sinto a presença da minha mãe; sinto-a na arte de plantar. O ar aqui é mais pesado do que o ar seco do Arizona. Deve ser a humidade de que ela falava. A brisa bafeja-me e ajuda-me a sentir-me refrescada. A fachada do edifício está pintada de lavanda, com tons variantes de lavanda mais escuro e contornos roxos. A janela torta de vidro na porta da frente, com o seu padrão do pássaro do paraíso, chama por mim. Ao apreciar todo o cenário, o que estou a ver é a casa de boneca extremamente criativa de uma artista. As lágrimas caem livremente. A minha garganta entope e o meu coração galopa. As minhas pernas tremem quando subo alguns degraus.

Entrando devagar pela porta, o cheiro delicado e caseiro do interior provoca uma enxurrada de memórias e sentimentos de infância.

— Ó mãe. — digo à sala vazia.

É como se tivesse aberto a porta para um mundo completamente diferente, onde os rastros de memória são preservados. No chão, para lá da porta, estava o seu correio por abrir. Pego nele. Uma das cartas é da Kapiolani Artists Creative. Em letras a negrito no lado esquerdo está impresso: "Um Convite!". Já recebi cartas destas. A minha mãe estaria nesta exposição, tenho a certeza.

A sala da mãe está limpa e arrumada e, no entanto, convidativa e decorada com mobília de bambu amarelo ao estilo da ilha, com direito a almofadas e mantas verde-claro com estampados florais azuis. Árvores tropicais e flores de seda e madeira alegram os recantos. As suas peças de arte espetaculares decoram as paredes. A grande helicónia vermelha pendurada numa tela esticada, a que ela chamava adequadamente *Clarão de Calor*, está bem colocada na parede lateral, a área mais vistosa da sala. A mãe dissera que um crítico de arte achava que ela pintava de maneira semelhante à de Georgia O'Keeffe, mas eu estudei O'Keeffe e o talento da mãe era definitivamente só dela. *Clarão de Calor* era enorme com três pequenas, mas lindas, telas florais complementares alinhadas verticalmente a seu lado, mas captando a minha atenção. Precisamente quando me viro para abandonar a sala, um pensamento sobressalta-me. Olho outra vez para as telas mais pequenas e arquejo.

— São minhas!

Essas três telas mais pequenas são as que lhe ofereci quando comecei a expor o meu trabalho.

Na cozinha, os seus tachos e panelas estão pendurados numa prateleira acima do fogão-ilha. A mãe tinha mesmo jeito para a remodelação. Pintara até cenas gastronómicas havaianas em sépia, adequadas a uma cozinha ao estilo insular. Numa parede, debaixo de todos dos armários, pintara dois ilhéus de pele morena a retirar um leitão assado de um *imu*. Foi assim que ela lhe chamou: um *imu*, um forno subterrâneo. Na parede por trás da mesa, três moças dançavam o *hula* diante de um *luau* espalhado no chão. A flores

que usavam e as dos cantos do mural tinham vermelho. Eram plumárias. A mãe enviara-me fotografias
dessas lindas flores. Minha mãe sabia o que estava a
fazer. Esta cozinha parecia um local divertido onde se
estar. Conseguia ver-me a cozinhar neste espaço.
Consigo ver-me a mim e à mãe a cozinharmos juntas.
Quem me dera...

No andar de cima, o seu quarto também está acabado com lavanda, seu tom pastel preferido. O seu
perfume da Balahe permanece delicadamente, tendo
a garrafa de assinatura preta o lugar de honra no
centro da sua cómoda em frente ao espelho. A mãe só
tinha um metro e sessenta, como eu, ou eu como ela.
Não tinha necessidade de uma grande. A sua vivenda
era pequena e a cama de casal *punee* havaiana, com a
sua cabeceira de madeira de *koa* esculpida à mão,
servia o seu propósito. Uma manta havaiana com um
padrão de plumárias lavanda cobre a cama. Várias
pinturas suaves de flores lavanda e roxas agraciavam
as paredes sobre o pano de fundo de um tapete
lauhala.

Quando me viro para ir embora, dou com a sua
camisa de noite curta pendurada na maçaneta da
porta da casa-de-banho. O seu padrão de flores rosa
delicadas dá com os rosas da casa de banho. Só consigo ficar a olhar. Não estou preparada para esvaziar o
seu armário.

Embora não tenha ido ao espaço atarracado e tri-
angular do sótão, sei que a mãe não pintaria qualquer
área que não fosse espaçosa e bem iluminada. O segundo e único outro quarto é na parte da frente da
casa que fica virada a norte.

— Pinta com a luz de norte, Margaret. — diria ela.
— É a única e verdadeira luz.

Mais uma vez a minha mão estremece ao alcançar a maçaneta do segundo quarto. Respiro fundo e abro lentamente a porta. O que me espera tira-me o ar!

O enorme cavalete da minha mãe encontra-se ao lado da janela. Parece que, quando pintava, a luz do sol embatia na tela passando por cima do seu ombro. Luz real, chamava-lhe. Tantas eram as pinturas penduradas nas paredes que todos os espaços estavam ocupados. Variações de todas as flores havaianas imagináveis olham para mim das suas telas. Não sei quanto tempo ali fiquei, dando voltas lentas para olhar para cada peça uma a uma.

À esquerda do cavalete há mais filas de telas acabadas encostadas umas às outras; à direita do cavalete, o mesmo. A minha cabeça está deslumbrada. Encontro os seus pincéis, algo em que ela tocava mais do que em qualquer outro item em sua posse. A mãe era um pouco compulsiva. O seu hábito era limpar completamente toda a tinta dos seus pincéis ao fim do dia antes de os deixar a secar. Todas a suas ferramentas artísticas estão imaculadas, incluindo os cabos. Provavelmente, os últimos que usou foram os que jazem apontados para baixo numa pequena cunha de loiça decorada, para impedir o fluido de coagular no anel metálico e amolecer a cola que segura os pelos no sítio.

A urna da mãe ainda está embalada no meu braço. Ainda seguro na sua correspondência, sentindo-a perto de mim através destes objetos pessoais. Fico a abanar a cabeça. Esta era a vida da minha mãe. Tudo o que alguma vez me ensinou, encontro neste quarto, nesta casa. Sou incapaz de conter as lágrimas. Um sentimento incrível avassala-me. Aqui sinto-me em casa; a minha própria casa em Phoenix parecia monótona e vazia e, por mim, podia até ser num país estrangeiro. Quero viver aqui. Os pensamentos voam-me pela cabeça à velocidade de um raio.

No canto do quarto está uma pequena secretária de verga, com o seu computador colocado de lado. A sua bata branca de pintar está pendurada nas costas da cadeira. A frente está coberta de pingos e manchas de várias cores. Coloco a sua urna e correio na secretária. Sem pensar duas vezes, e sentindo-me compelida a colocá-la, tiro a bata da cadeira e apresso-me até à casa-de-banho. No espelho, vejo-me a mim mesma, a pintora. Depois, vejo a minha mãe e depois a mim outra vez.

De volta à secretária, duas fotografias emolduradas, uma da mãe com duas crianças pequenas, estão pregadas à parede atrás daquela. A outra fotografia é de grupo de criancinhas.

— Mãe? — pergunto ao tirar a fotografia da parede para examinar os rostos risonhos e orgulhosos.

Na fotografia, a mãe demonstra que envelheceu bem. O seu cabelo permaneceu verdadeiramente louro. Passei os dedos pelo meu cabelo louro, como se o toque pudesse parecer-se a tocar no dela outra vez.

Na mesma fotografia, está no centro com um rapaz afro-americano pré-adolescente à sua esquerda e uma rapariga morena com rosto de querubim no início da adolescência. Isto é muito confuso, mas só até que percebo a mensagem da fotografia. Pendurados nas paredes atrás do rapaz estavam várias pinturas de africanos, alguns em trajes nativos. Na parede atrás da rapariga há várias telas pequenas de pássaros e animais.

— Estiveste a ensinar?

Não mencionara o ensino. Tenho a sensação de

que havia muito mais em relação à minha mãe e que em breve o descobriria.

A minha atenção é mais uma vez desviada para a bata de pintar da minha mãe, que ainda estou a usar. Assenta-me perfeitamente. A essência da minha mãe ainda está presente. Esta bata vai ser sempre dela, não minha. A seu tempo, posso vir a emoldurá-la e pregá-la a uma parede. É típico dela. Mas, por enquanto, é também típico de mim.

Precisava de abrir a sua correspondência, pagar contas e atar pontas soltas. O convite para a exposição de arte dizia: "O seu trabalho saltou-nos à vista. Esperamos que a sua obra requintada venha a agraciar a nossa exposição através da entrada de algumas peças na Expo..."

O convite dizia-me que a vida da mãe não acabou, até mesmo quando tinha de organizar uma missa em sua memória aqui no Havai.

Dossiers continham papéis que indicavam que mãe estava a preparar uma bolsa para estudantes de arte desprivilegiados. Paro, abanando a cabeça em admiração, incapaz de ler com os olhos marejados.

Ao contrário da minha mãe, não tenho filhos a quem deixar este legado. O conhecimento e os ideais que ela defendia não podem acabar em mim. Não sei quanto tempo estive sentada com os cotovelos na secretária e com a testa encostada contra os dedos fechados. O sol mudara e tive de ligar o candeeiro da secretária.

Depois de muito pensar, sabia o que tinha de fazer. A mudança seria uma tarefa monstruosa, mas mais desejada do que qualquer outra coisa. A mãe sempre disse:

— Podes conseguir tudo o que quiseres desde que não te convenças de que não podes.

Vou mudar-me para esta vivenda que a mãe me deixou com as suas posses terrenas. Eu vou expor o trabalho da mãe. Seria uma honra se as minhas peças pudessem ser escolhidas para agraciar exposições ao lado das suas no futuro. Os colecionadores que adoram o seu trabalho comprarão as que restam. As melhores peças, contudo, devo reservar para a minha coleção pessoal e usar como exemplo para melhorar o meu próprio trabalho e para ensinar. A mãe deu-me ainda mais um presente.

Desse pensamento surgiu mais uma ideia verdadeiramente maravilhosa. Aconteceu rapidamente, tal como a mãe teria decidido. Por que não? Faço parte dela. A ideia é que, embora não tenha crianças a quem passar este conhecimento, posso procurar uma ou mais para ensinar. Vou criar esta bolsa que ela começou. Também posso criar uma fundação em nome da mãe para beneficiar crianças no ensino artístico. O legado da mãe continuará vivo. Quem mais poderia dar-lhe continuidade a não ser a sua filha que é tão parecida com ela?

— Posso fazer tudo o que quiser desde que não me convença de que não posso.

UMA CARTA URGENTE

Qualquer Data
  Sra. Escritora com Esperança
  Deusa da Casa
  O seu Canto da Escrita
  Terra de Nenhures, Mundo Aberto dos
Escritores

Estimada Sra. Escritora,

EU ESTOU DESTINADA A ESCREVER. CADA VEZ QUE
me coloca na sua boca, prometo manchar-lhe os
dentes.

Nem pense em considerar-me estragada ou mudar-me a carga. Eu trabalho bem em todas as cores. A
senhora ficaria ridícula com um dente preto, outro
vermelho, outro azul e assim por diante. Isto é, a
menos que queira começar uma moda de dentes arco-
íris. Tal seria tão estranho como as histórias que a senhora cria e pode trazer-lhe ainda mais rejeição. Por
isso, por favor, eu não sou uma chupeta e não aprecio
ser babada. A senhora está presa em modo de sucção e
essa é apenas mais uma forma de bloqueio literário.

Sugiro que aprenda a usar o teclado do seu computador, que não será capaz de enfiar na boca, o que lhe permitirá acabar alguns textos. Guarde-me para endossar aqueles cheques de comissões, se e quando conseguir treinar a sua criatividade para lhe sair pelos dedos no teclado e não através de me massajar com os seus lábios e língua. Comece a vocalizar esse diálogo que está a escrever. Pouse-me na secretária antes que eu me afogue.

A sua mensageira burrona,
    Caneta Trovadora.

RITUAIS

Agora que estou solteira e de novo a namorar, depois de quase quarenta anos de casamento, estou a descobrir que tenho muito por apanhar.

— O Jeffrey não é muito bom da cabeça. — tinham avisado os meus amigos.

À medida que ele e eu tornámo-nos amigos, via comportamentos estranhos, mas nada demasiado fora do normal. Por exemplo, ao jantar, ele comia o puré de batata, depois o pão, depois os vegetais, seguidos da carne. Evitava misturar comidas, certificando-se de que havia espaço amplo entre os alimentos que estavam no prato para que não se tocassem. Comia um deles por completo antes de encetar o seguinte.

— Por que não combinar sabores? — perguntei.

— Acho que não consigo abandonar hábitos antigos. — disse ele.

Após tê-lo visto fazer isto uma e outra vez, começou a importunar-me um pouco. Ele acabava uma entrada, pegava no prato e rodava-o para que a entrada seguinte ficasse exatamente à sua frente. Parecia que comia os outros alimentos primeiro para atacar a carne de súbito.

Logo depois do jantar, quando colocou o casaco, esticou o pescoço como um ganso, como se o a gola lhe estivesse demasiado apertada. No entanto, a sua gola era larga e não, de forma alguma, restritiva. Estes eram comportamentos estranhos, mas toda a gente tem os seus rituais. Esperava os avisos dos meus amigos não me tivessem tornado demasiado crítica, porém, com o passar do tempo, reparei noutros comportamentos agudos.

Sempre que nos aproximávamos de uma passadeira, batia cerimoniosamente quatro vezes com o pulso contra a placa preta e branca com a seta que dizia: "Carregue no botão para atravessar." Só depois é que carregava no botão. Depois de o fazer isto algumas vezes, devo ter parecido duvidosa.

— Se se bater no letreiro quatro vezes — disse ele —, o sinal cairá em dez segundos.

— Isso é absurdo. — disse eu. — É só um letreiro.

— Disse-me um eletricista quando lhe perguntei como fazer o sinal cair mais depressa.

Ele acreditou num eletricista que troçou e brincou com a sua impaciência? Não só este comportamento era estranho como o era a crença em tal disparate.

As pessoas nos carros parados nos semáforos pareciam confusas ao vê-lo bater com o punho com ânimo. Eu sentia-me muito envergonhada a vê-lo fazer isto. Os transeuntes olhavam para nós como se fossemos esquisitos.

Com o passar das semanas, comecei a perceber como era profunda a sua neurose ao vê-lo pela enésima vez enfiar o dedo na breguilha para se certificar de que estava fechada. Os homens fazem sempre isso. Eu também faço isso quando uso calças, mas não a cada três segundos.

A última vez que vi Jeffrey, demos com uma passadeira em que o letreiro com a indicação e os seus parafusos estavam em falta. Claramente não havia nada por trás da placa que pudesse afetar a mudança do sinal. É um letreiro com uma instrução, como era óbvio a todos.

O botão abaixo do letreiro desaparecido não estava danificado e era ainda claramente utilizável.

— Rápido, bate nalguma coisa, Jeffrey. — disse eu troçando. — Temos de atravessar a estrada.

Fez o seu movimento de pescoço de ganso outra vez, fitou a moldura retangular de metal vazia agarrada ao pilar de metal robusto. Por fim, muito seriamente, verificou o fecho das calças virou-se para se ir embora.

— Está estragado. — disse ele por cima do ombro. — Vamos à procura de outro sítio para atravessar.

Claramente, o letreiro em falta a dizer para carregar no botão não afetava a sua utilização. Carreguei nele e o sinal caiu. Nesse momento, soube em que direção iria seguir. Também sabia que não viria a passar muito tempo no futuro com um homem que não conseguia confiar no fecho de um único par de calças.

OBSERVADA

— O. K. — DISSE ELE. — ESTÁ NA HORA DE acertar contas.

Josh tinha aquele olhar especial e não desviara a vista para mais lado nenhum a noite inteira. A antecipação, fonte de ansiedade e excitação, inundava a mente de Mindy. A adrenalina fluía. A sua atenção excitava-a, mas ele não a pediria em casamento outra vez. Ela fê-lo saber que o surto infantil de febre reumática quase letal a deixara com problemas de saúde agudos que ela não queria impor a ninguém.

Estavam aninhados numa cabine no único estabelecimento vegetariano da zona — uma casa antiquada remodelada nas aforas de Walnut Grove, no delta do rio Sacramento. O delta era uma desordem de rios, canais e canaletes, que formavam ilhas na parte mais distante dos vales de Sacramento e San Joaquín, na Califórnia. O café era o seu local favorito para discutir as questões de negócios da pequena quinta biológica de Mindy, localizada nos dois hectares adjacentes à sua casa na ilha Grand.

Frequentemente, grupos de jovens visitavam a sua miniquinta para fazer um *tour*. Em seguida, o grupo relaxava na parte traseira do pátio. Ela discursava sobre a importância de cultivarem a sua própria comida para melhorar a saúde. Em particular, dois estudantes, como ela lhes chamava, tinham vindo desde que ela começara as palestras. Ela tratava-os como família; família como já não tinha porque os seus poucos parentes tinham falecido cedo, incluindo os seus pais. Depois de gerirem despesas de saúde durante todos aqueles anos, seus pais foram deixados sem nada. A sua tia, com quem ficara, deixara-lhe a quinta antiga e a terra.

Relaxados ao almoço, o ambiente de restaurante confortável atraía tanto aqueles que cuidavam da dieta como os agricultores que ainda usavam pesticidas. Vozes alegres abafavam a música ambiente que tocava ao longe. Ventoinhas de teto espalhavam o cheiro a especiarias e condimentos pelo ar e tentavam até os mais relutantes em experimentar algo da nova moda saudável.

— De acertar contas? — perguntou ela.

Que queria isso dizer? Ainda iam a meio de refeição; certamente, ele não se poderia estar a referir à conta. Além disso, ele não a deixava pagar — nunca.

— Sim. — disse ele bebendo um gole de água enquanto examinava a sua reação.

Por fim, disse:

— Ah, esses teus olhos exóticos de avelã!

Encostou-se ainda mais, passou a mão pelo cabelo dela, agarrou suavemente num punhado e ficou a observá-lo, mas manteve-se calado. Ela perdera a conta às vezes em que ele elogiara a forma como o sol dourava fios do seu cabelo castanho-avermelhado, enquanto o dele se mantinha escuro, independentemente do tempo que passasse ao ar livre.

Ela dava frequentemente com ele a observá-la. Os seus olhos escuros transmitiam uma sensação de paz. Ele era generoso, paciente e compreensivo.

— Não sabia que estávamos endividados um para com o outro. — disse ela em tom de brincadeira.

Pousou o garfo momentaneamente. Não havia necessidade de apressar a refeição para dar lugar a outros clientes. Sorriu e empurrou levemente o ombro dele.

— Olha para a janela de vez em quando, está bem? Fazes o meu coração disparar quando te vejo a olhar para mim.

Josh era amigo dos donos, que lhes permitiam usar uma cabine reservada aos gerentes. Todavia, os gerentes nunca se sentavam, mas antes misturavam-se com os clientes ajudando-os a sentir-se bem-vindos. Numa ou outra ocasião, o dono juntara-se a eles sem aviso. A sua refeição era colocada à sua frente sem que tivesse de a pedir. Mindy e Josh aceitavam este tipo de camaradagem pessoal.

— As coisas estão a aquecer entre nós. — disse Josh com ar de quem não consegue parar de sorrir.

Quando tinha algo sério a dizer, encarava-o de forma jovial. Os seus olhos desenvolveram certamente rugas de expressão com a idade. Mindy teve de sorrir. De repente, Josh franziu o sobrolho e fez cara séria.

— Eu sei porque é que a tua febre reumática te faz afastar-te de mim. — disse ele.

Ele estava mesmo a tentar entender e ela sabia-o, mesmo que às vezes ele parecesse obcecado como o assunto.

Se ele estivesse prestes a pedi-la em casamento, ela recusaria outra vez e, talvez não se encontrasse com ele tantas vezes, talvez parasse de se encontrar com ele, apesar da ideia lhe deixar um vazio. Lidar com o pouco de *stress* que isto causava forçava o seu coração fraco. Como poderia ela deixar de o ver? Amava-o e isso deveria ser ótimo para as suas emoções de uma forma muito saudável. Ainda assim, como poderia ela atirar com os seus problemas de saúde precisamente para cima da pessoa com quem tinha uma relação que valorizava e desejava nutrir?

Os olhos dele tinham o ar de quem sabe. Já tinha pousado silenciosamente os seus talheres no prato e tomou as mãos dela.

— Só quero que saibas uma coisa — disse inspirando — sobre mim.

— Como se eu não soubesse nada sobre ti? — perguntou ela.

De súbito, precisava de quebrar a tensão. Sorriu até ao nariz.

— Então, o que me vais dizer? Que és casado? Que tens antecedentes criminais?

Ela estava apenas a brincar. Tinha verificado o seu percurso escrupulosamente antes de o contratar.

Ele riu-se, até gargalhou. Já se conheciam há quase dois anos e tinham praticamente exposto as suas almas um ao outro. Com a exceção de Mindy não ter revelado os seus medos mais profundos, para não o importunar com tal sujeira.

Quando se acalmaram, ele perguntou:

— Lembras-te de eu te ter contado que um monte de pesticidas foi atirado para cima de mim e que fui quase sufocado até à morte?

— Isso foi quando? Há mais ou menos cinco anos? — Foi a vez dela de ficar séria. — Ó Josh, não te deixou permanentemente doente de alguma maneira, pois não?

Os pesticidas estavam proibidos na horta biológica de Mindy. Essa fora uma das razões que levou Josh a candidatar-se a uma vaga para trabalhar com ela.

— Não, não é nada disso, mas acabei de fazer vários exames para ter a certeza de que não poderia haver num efeito a longo prazo.

— Então, estás bem.

Ela suspirou de alívio por ele estar bem.

Antes que ela pudesse fazer qualquer outro comentário, ele disse:

— Estou bem, mas descobri outra coisa no processo. Escuta. Os médicos fartaram-se de me examinar. Sabes? Como fazem àqueles soldados que levaram com agente laranja no Vietname.

— E?

Ela tinha a certeza de que Josh estava prestes a dizer-lhe que os exames revelaram qualquer coisa de errado com ele. Podia senti-lo nos seus ossos e a expressão dele confirmava-o, mas ele não estivera no Vietname.

— Mindy — disse ele com cuidado —, eu acabo de saber que não posso ter filhos.

Ela puxou o queixo atrás com força.

— Por causa dos pesticidas?

— Não, é apenas algo que descobriram por acaso; provavelmente, foi sempre assim. — Observou a cara dela. — Era só o que queria dizer.

A mão dele tremia ao alcançar o copo de água. Olhou-a pela borda do copo. O seu olhar estava a começar a perturbá-la.

— É só uma pequena característica minha que pensei que achasses interessante. — disse ele por fim.

Era uma informação curiosa e ficou-lhe na cabeça

durante dias, especialmente enquanto levava a cabo a sua tarefa preferida. Mindy adorava sentar-se ao sol a bronzear enquanto arrancava ervas daninhas no quintal. O seu cardiologista dissera que, se progredisse lentamente, talvez fosse o melhor e único exercício no qual ela podia participar; apenas sentar-se descansadamente no chão enquanto disfrutava da tarefa. A febre reumática infantil enfraquecera o seu coração e inadvertidamente sugara a maior parte da alegria da sua vida.

Desde a sua conversa reveladora naquele almoço, a mente de Mindy enchera-se de pensamentos sobre o porquê de Josh ter se quer mencionado a sua esterilidade. Sem que alguma vez fosse discutido, certamente ele terá entendido que ela evitava o casamento por medo de engravidar. O peso de carregar um bebé até ao parto traria stress desnecessário ao seu coração e levá-lo-ia a falhar, fatalmente, avisara-lhe o médico, e provavelmente antes do feto poder ser salvo. O seu coração era demasiado fraco. Então, o seu pensamento foi que, se conseguisse levar a gravidez até ao fim e falecesse, deixaria a criança sem mãe. Mindy não queria dar à luz uma criança em tal situação e esse era o ponto final.

Josh estava provavelmente a caminho de Modesto. No ano anterior, ele localizara um tipo de fertilizante biológico de que eles precisavam a ser vendido noutra quinta no sul de Central Valley. O adubo de morcego fez uma grande diferença na produção dos seus cultivos. Saía mais barato que ele fizesse a viagem do que pedir a entrega. Mindy achava de Josh plantara a ideia de como ele e ela seriam perfeitos juntos e a deixara a pensar nisso na sua ausência.

Josh passaria também nas pequenas quintas começadas por Yutu, um descendente Miwok das tribos que uma vez habitaram Central Valley. Yutu era um dos seus alunos. Este debatia-se por manter a pequena parte de hectare rochoso que herdara. Tentava aprender o máximo possível, passando o conhecimento a outras famílias indígenas nas suas comunidades desprovidas.

A rotina do arranque de ervas de Mindy começava pela beira das roseiras que acompanhavam a cerca. Alguns metros seriam o suficiente por um dia. No jardim fora plantada *dichondra*, que crescia densamente lembrando almofadas, sufocava ervas indesejadas e requeria poucos cuidados. Pereiras altas e antigas rodeavam a casa e o jardim pelos três lados para lá da cerca. Um velho carvalho de tronco largo encontrava-se mais adiante; outro, na propriedade vizinha. O sol brilhava em seu redor e a brisa refrescante soprava desde o rio Sacramento, do outro lado do dique, em frente à sua propriedade. Ela sentava-se silenciosamente na ponta do relvado a disfrutar do sol, sem pensar em ter pressa para começar. Se não conseguisse fazer muito, os trabalhadores do campo também ajudavam a controlar as ervas daninhas.

Foi o trabalho com a terra que a levou a começar a sua pequena quinta, como tantos residentes do delta do rio Sacramento. Mindy não podia participar na alegria do trabalho verdadeiro, pelo que contratara um capataz para concretizar os seus desejos. Esse homem era Josh Frohman, cuja energia e presença dominante eram o tipo de qualidades de que necessitava da pessoa que gerisse a quinta no geral. Uma senhora de meia-idade chamada Helen Dewey, que fora dispensada depois de trinta anos num posto de contabilidade em Sacramento, foi contratada para lhe dar apoio administrativo. Helen tornou-se uma amiga especial e confidente. Mindy permitiu que ela se mudasse para um dos quartos. A sua presença era um conforto.

Enquanto Mindy se sentava com umas poucas ferramentas de mão a desenraizar invasoras em torno dos arbustos, uma experiência iluminadora apoderou-se dela, algo que ela sentia a tentar chegar ao pensamento consciente. Afastara-se de uma relação comprometida por medo de engravidar. Por que casar com um homem se não poderia dar-lhe filhos? Ela e Josh não o tinham discutido, porém, certamente, ele adivinhara os seus pensamentos. Essa era razão pela qual ele lhe dissera que não podia ter filhos. Josh não lhe podia dar um filho. Por que não entendera ela isto imediatamente, quando ele fez a sua revelação? A ideia era espantosa. Ficou sentada a olhar para a frente com uma sensação de liberdade a tomar conta dela. Era um peso que se levantava. A gentileza e cuidado tinham sido infinitas. Ele amava-a. Dizer-lhe que não podia ter filhos era a preparação para a pedir em casamento outra vez.

Mindy sorriu e abanou a cabeça. Era a maneira de Josh de dizer que ela estaria segura com ele. Ele quis dizer-lho com cuidado. A mente de dela saltitava entre possibilidades. Tinham tanta vida para viver e esta não seria encurtada. Começou a cantar a *Canção de Casamento Havaiana:*

— "Amar-te-ei mais... do que para sempre..."[1]

A dada altura, quando o casamento lhe parecia possível, atrevera-se a sonhar com uma cerimónia no Havai, como fizeram alguns dos seus conhecidos. Vieram então as más notícias de que ela não podia viajar para de Walnut Grove ou das pequenas cidades circundantes e, definitivamente, não podia voar. Ainda assim, a sua curiosidade levara-a a pesquisar "casamentos no Havai" na internet. Podia fazer-se no delta um casamento havaiano, talvez na praia de Steamboat Slough.

Os amigos admiravam a sua voz. No início, pensava nisso como uma oportunidade perdida, porém percebeu cedo que a sua condição excluía muito do que dava prazer aos outros. Contudo, aceitava a sua sorte na vida e ultrapassou isso. Estava sentada sozinha, com os poucos funcionários a tratar das suas tarefas no outro lado do campo. Deixou-se levar pelo seu júbilo. Quando se apercebeu de que estava a cantar bastante alto, olhou em volta para ver se alguém ouvira.

Do canto do olho, ela viu alguém a espreitar por detrás do tronco enorme do carvalho. A observar. O seu coração começou a bater forte, o que não era bom. Mindy não podia deixar que isso acontecesse, pressionou o peito com a mão e respirou fundo. Por que estaria alguém a observá-la? Olhou outra vez. A pessoa devia ter-se escondido atrás da árvore. Ela não a viu bem. Talvez fosse o velho Ray Beaner, da propriedade vizinha. Podia ter-se sentido envergonhado por ser apanhado a ouvir. Ela sorriu, sabendo que Ray Beaner atravessava muitas vezes as traseiras da propriedade dela para falar com os trabalhadores do campo. Deve ter ouvido a cantoria. Que vergonha! A ideia de ser observada secretamente, sem perceber, porque a pessoa se escondia continuava a fazer o seu coração acelerar por antecipação a algo desconhecido. Irritava-a. Focou-se nas ervas sob as roseiras e puxou o chapéu para baixo, para sombrear o seu rosto.

Então, quem seria? Ela não era tonta. O seu corpo

era frágil, mas tinha uma mente superior. Sabia que os trabalhadores gostavam dela e estavam gratos pelos seus empregos, porém, mantinham-se reticentes devido à sua doença. Pensar que podia ser um estranho a passar pelos campos em vez de seguir o dique sinuoso e, depois, esconder-se, causava-lhe algum medo e mantinha a sua pulsação forte. Tinha de acalmar o ritmo cardíaco de alguma maneira. Levantou-se o mais depressa possível e regressou à casa.

Ao passar pela porta do quarto mais pequeno convertido em escritório, Helen, sempre atenciosa, ergueu-se da cadeira à sua secretária.

— Mindy, de volta tão cedo? — A sua expressão caiu. — Estás bem?

— Há demasiada gente ali à volta. — disse Mindy.

A noção de um estranho estar escondido e a observar era perturbadora. Mindy deixou que Helen a ajudasse a tirar os sapatos e a esticar-se na cama. Tentou relaxar.

— Alguém estava atrás da árvore a observar-me — disse ela. — Estou tão envergonhada. Acho que estava a cantar demasiado alto.

Helen saiu do quarto e voltou em pouco tempo.

— Não vejo ninguém lá fora — disse. — Mas então e se alguém te ouviu? Pelo menos a febre reumática não te danificou as cordas vocais.

————

Grato pelo ar condicionado da carrinha, Josh viajava de Walnut Grove a Modesto, enquanto o sol batia e o mercúrio aumentava em dígitos triplos. Depois de recolher o abastecimento de fertilizante, parou apenas para almoçar numa estação de serviço a leste de Modesto e dar à carrinha tempo para arrefecer. Entregaria algum do adubo a Yutu e mal podia esperar por se aproximar mais do sopé da serra e das temperaturas mais baixas. Estivera na estrada por demasiadas horas e pensava até em passar a noite algures naquela zona e arrancar para casa antes da alvorada, quando estava mais fresco.

Precisamente quando entrava na carrinha a caminho da serra e se perguntava se poderia dormir em casa de Yutu, o seu telemóvel tocou.

— Josh. — disse Helen soando rouca ao telefone.

Nessa única palavra, a sua voz carregava o tom do desespero. Estava a chorar.

Um disparo de adrenalina cavalgou pelo seu sistema nervoso levando uma sensação de repulsa.

— Helen — disse ele —, o que é? O que se passa de errado?

Helen chorava demasiado; tudo o que conseguiu dizer foi:

— Josh... — antes de a ligação cair.

Josh acelerou tanto quanto possível até casa. A sua carrinha estava a escaldar e à beira de sobreaquecer. A preocupação fazia-o suar na cabina com ar condicionado. Estava grato pelo sistema sem mãos e tentou telefonar a Helen várias vezes, mas só conseguia deixar mensagens. Com frustração, batia com o punho no volante e gritava aos outros veículos, e grandes atrelados, para lhe saírem da frente.

Josh puxou o travão de emergência com toda a força estacionou em frente ao letreiro que identificava a "Miniquinta de Mindy Moore". Pulou a cerca em vez de abrir o portão. Quando irrompeu pela casa, tudo estava em silêncio.

— Helen? — perguntou, clamando ao espreitar

para cada quarto. — Alguém?

Helen veio a correr dos campos.

— É Mindy. — disse ela contorcendo as mãos e soluçando ao colapsar nos braços de Josh.

— Onde é que ela está? — perguntou num tom ríspido e exigente.

Ajudou Helen a sentar-se e não estava para esperar. Acorreu ao quarto de Mindy e encontrou-o arrumado, como ela o deixava sempre, embora parecesse que alguém dormira em cima das cobertas.

— Não procures. — disse Helen depois de se recompor um pouco. — Vem sentar-te.

Apontou e abanou mão para o sofá a seu lado.

Josh sabia que eram más notícias. Mindy não estava por perto. Devia ter sido levada para o hospital, mas Helen teria ficado com ela.

— Diz-me só onde ela está. — disse implorando. — Preciso de estar com ela.

Helen suprimiu as lágrimas.

— Mindy já não está entre nós. — disse ela.

Começou a soluçar outra vez.

— Controla-te, mulher! — disse Josh. — Diz-me onde ela está e eu vou.

— Não está, Josh. — disse com a voz a subir de tom. — Foi-se. Faleceu.

Josh colapsou no sofá. Abanava a cabeça e mexia-se nervosamente, virando-se de um lado para o outro. Respirou pesadamente, abriu e fechou os punhos, tentava quebrar o choque sem querer absorver as palavras que mantinham longe a descrença. Virou-se para Helen, agarrou as suas mãos e começou a chorar.

— Mindy? A minha Mindy foi-se?

— Foi, Josh. Estava tão fraca.

Depois de se abraçarem e chorarem, Josh tinha de

desenvolver a determinação para sobreviver aos dias que se seguiriam. Limpou os olhos.

— Conta-me o que aconteceu.

Helen retirou um maço de lenços de papel do seu bolso, retirou um utilizado e assoou o nariz.

— Foi depois de teres ido para Modesto. Mindy foi trabalhar para o jardim. Só tinha estado lá fora por alguns minutos quando entrou a dizer que havia demasiada gente por ali e que não se estava a sentir bem; disse que o coração estava a disparar.

Fez uma pausa e Josh esperou pelos detalhes. Ela assoou-se e continuou:

— Ela disse que um homem desconhecido estava a atravessar o quintal. Quem ia adivinhar que algo assim tão simples a ia enervar? Levei-a a deitar-se na cama e ela parecia confortável. Quando fui ver dela mais ou menos uma hora mais tarde... estava morta!

Helen não conseguiu impedir uma nova enchente de lágrimas. Josh pôs os braços à sua volta e juntos embalaram a dor.

Mais tarde, a caminho da casa funerária, Josh telefonou a Yutu e disse-lhe que a entrega chegaria vários dias mais tarde. Esperaria até estar lá em pessoa para dar a notícia devastadora.

O funeral de Mindy realizou-se ali mesmo, no seu jardim, em torno do lago dos peixes dourados que ela instalara anos antes. Após a cremação, suas cinzas foram espalhadas nas camas de flores, sob as suas roseiras amadas.

Documentado no ano anterior, quando Josh e Mindy perceberam que havia algo de especial na sua relação e Mindy sabia do seu compromisso com a produção biológica, o seu testamento legava a casa e a quinta a este através de uma fundação. Josh aceitou-os de bom ânimo e com tristeza em memória da única mulher que amara.

———

A viagem até a zona remota de Sierra Foothills era apenas uma memória vaga. Aquilo em que mais pensava era nos momentos especiais de partilhara com Mindy e houvera muitos. Tinham-se tornado quase inseparáveis. Valorizava-os e o seu coração inchava, apesar de cair em si e ter de perceber que ela se fora para sempre.

A estrada empoeirada e batida que ia desde a autoestrada à quinta de Yutu, um quilómetro e meio depois da fronteira da reserva, fê-lo saltar de novo para a realidade. Josh deu a curva e recuou para o telheiro, que era usado como zona de estacionamento da quinta. Yutu conseguira restaurar um pouco a velha cabana abandonada e fustigada pelo vento. Estava a tentar ser um exemplo para as famílias Miwok vizinhas, ensinando-as que cada um se podia erguer da miséria e construir uma vida nova e com propósito. Consequentemente, as suas casas foram pintadas. Algumas conveniências modernas foram adquiridas. Principalmente, os Miwok vendiam os seus produtos frescos em quiosques de fruta e legumes ao longo das autoestradas e os parcos rendimentos sustinham e melhoravam os seus estilos de vida. Yutu convencera alguns deles a deixar de beber álcool.

Quando os Miwok começaram a vender ao público, os transeuntes paravam, pensava Yutu, só para ver *como era um índio verdadeiro*. Yutu era um jovem forte e a sua presença emocional, junto do seu povo, tinha tanto peso como a de Josh tinha nos arredores do

Delta. Yutu ultrapassou a ofensa e decidiu usá-la a favor do seu povo. Ele fora um dos primeiros a deixar o seu cabelo negro e liso crescer até aos ombros. Usava muitas vezes penas de galo e outras numa coroa de missangas. No calor do verão, não usava mais do que uma tanga por cima de um par de calções. O seu tom de pele uniforme acentuava a imagem que desejava representar.

Usava mocassins feitos pelo seu povo. Quando os curiosos quiseram comprá-los, Yutu começou a vendê-los, e a outras peças de artesanato indígena, nos quiosques à beira da estrada. À medida que a popularidade dos artigos genuínos cresceu, começaram a aparecer mais e mais turistas e Yutu e os seus vizinhos organizaram um Festival do Americano Nativo. As crianças podiam montar mulas e póneis. Os adultos podiam comprar tesouros feitos à mão. Algumas mulheres em traje tradicional demonstravam como tecer a lã e as fibras naturais para fazer casacos, chapéus e outras roupas típicas. A comida, claro, era mesma que comem os Miwok. Yutu dava os louros a Mindy por apresentá-lo a tantas possibilidades incríveis. Absorvera cada palavra das aulas de Mindy. Dizia que ela era a pessoa que mais tinha feito pelo seu povo; mais ninguém, nenhuma agência do governo, a não ser Mindy a assegurar-lhe que ele era capaz. Emulando sempre Mindy e os seus ensinamentos, sempre que podia, falava às pessoas sobre os Miwok e sobre como as suas tribos tinham vivido ao longo do delta e de Central Valley, e de como tinham construído muitos dos diques e canais que ainda podem ser vistos hoje.

Yutu veio do campo com pressa para se encontrar com Josh à sombra do telheiro. Yutu tentou um aperto de mão entusiástico. Josh só conseguia agarrar-se. O sorriso radiante de Yutu dizia que estava feliz por ver o seu amigo, mas, quando viu a expressão no rosto de Josh, o seu humor tornou-se sombrio. Os seus braços caíram ao seu lado.

Josh não sabia por onde começar. Tinha lágrimas nos olhos. Certamente, os seus olhos estariam avermelhados de ter chorado na carrinha, quando mais ninguém estava por perto para o ver sofrer. Yutu sabia da doença de Mindy. Quem não o sabia? Mas como poderia Josh dizer-lhe sucumbira? Enquanto conduzia, tudo em que conseguia pensar era nas memórias dos seus tempos juntos. Desejou ter planejado o que precisava de dizer para dar notícia gentilmente. Só conseguiu ficar parado de choque a fitar os olhos de Yutu.

Yutu começou a acenar. Os seus olhos embaciaram, mas manteve-se calmo.

— Foi pacífico? — perguntou.

Josh explicou o que sabia. Por fim, descarregaram o adubo. Yutu queria que Josh fosse aos campos. Josh tomou-o como uma distração, embora Mindy, à distância, fizesse tanto parte desta quinta como da sua.

Josh passou a noite na cabana de Yutu. Nenhum deles falou muito; sentaram-se apenas no alpendre por muito tempo, enquanto perscrutavam as estrelas, necessitando cada um de sofrer em silêncio. Yutu disse a certa altura:

— Quando encontrar uma rapariga como Mindy, caso-me.

A longa viagem para casa no dia seguinte era uma empreitada difícil, de volta a uma vida e circunstância com as quais Josh não desejava viver. Mais uma vez, os seus pensamentos eram só sobre Mindy, tirando quando já chorara tudo. Frequentemente, abanava a cabeça com descrença.

Uma das últimas coisas bonitas que lhe dissera foi: "Olha para a janela de vez em quando, está bem? Fazes o meu coração disparar quando te vejo a olhar para mim.". Era tão gira quando se metia com ele.

Conduzia em silêncio, sem se lembrar do que deixara para trás. Ao aproximar-se do delta, algo começou a fazer caminho até ao seu consciente vindo da nova inundação de memórias. Lembrava-se de que supostamente deveria ter partido para Modesto de manhã cedo para escapar à maior força do calor do meio-dia, mas não saíra e começou com atraso. Os trabalhadores tinham tido um problema com a irrigação e ele ficara para ajudar. Estava a atravessar o campo por trás da casa, correndo para a carrinha, quando ouviu Mindy cantar. Parecia jubilante. Não quis destruir o seu humor pelo que não quis que parasse. Ele sabia pela canção que cantava que ela finalmente entendera a razão pela qual lhe contara os seus problemas de saúde. Eles não se podiam casar no Havai, mas agora podiam casar. Quando ela não estava a olhar, esgueirou-se. Deixá-la-ia a pensar alegremente em planos para o casamento até regressar à noite.

Josh já se estava a sentir dormente. Piorou. Os seus pensamentos não eram claros. Helen disse que Mindy lhe contara que um homem desconhecido atravessara o quintal. Ou seja, Mindy vira-o, mas não o reconhecera quando se escondeu por trás da árvore. Mindy vira alguém, mas não sabia que era ele.

Mais uma vez, as palavras dela compuseram uma melodia fúnebre na memória: "Fazes o meu coração disparar quando te vejo a olhar para mim." A memória da sua voz de jocosa fazia rasgos nas suas emoções.

Josh arquejou. Sufocou. Pregou os travões a fundo

e derrapou pela beira da estrada do dique. Mindy viu alguém que se escondeu e a pôs nervosa; nervosa ao ponto de ter um ataque de coração. Foi ele quem se escondeu por detrás da árvore por não querer interromper um momento de felicidade.

Voltou a fazer-se à estrada lentamente sentindo-se verdadeiramente dormente. Após uma viagem refletiva e angustiada, estacionou em frente ao letreiro: "Miniquinta de Mindy Moore". Avistá-lo fez com que as suas lágrimas jorrassem. Sufocava mais uma vez. Sabia o que tinha de fazer e inspirou bem fundo e com força, aguentando o ar enquanto se recompunha. Precisava de ter uma longa conversa com Helen. Se era ele o responsável pelo ataque cardíaco de Mindy, precisava de o assumir.

O NADADOR

— Apareces sempre de uma névoa como um belo fruto da minha imaginação.

— Talvez seja isso que sou.

— És alguma espécie de aparição?

— Sou o que quer que queiras que eu seja.

— Por que nadas sozinha neste lago escuro e coberto de bruma?

— Venho ver um homem sofrido, sentado sozinho, sob uma árvore a beber.

— Vem sentar-te comigo na margem. Trouxe cervejas frescas.

— Não, tu tens de vir a mim.

— Pareces-me alguém com quem posso falar. Por que não vens?

— Impossível. Tens de entrar na água.

— Já tentei duas vezes e quase me afoguei até que alguém me puxou para fora.

— Vem para água comigo. Foi por isso que regressaste.

— Éi, nunca vejo a tua roupa na margem. Vens para aqui nua?

— Roupa? Nua?

— Em que é que estás a flutuar?

— Ah, isto?

— O que é isso? Uma espécie de jangada?

— Não é bem.

— Era capaz de ir se tivesse uma jangada para me agarrar.

— Não é uma jangada.

— Então, não vou.

— É pena. Eu podia resolver o teu problema.

— O. K., sai por um bocadinho.

— Não posso.

— Por que raio é que não podes?

— Vês isto?

— A tua jangada... é a cauda de um peixe?

— Não é uma jangada, mas é uma cauda.

— Aaaah! Por que me salpicaste?

— Com a minha jangada?

— Uma cauda? És uma... uma... sereia?

— Sim!

— Estou a perder a cabeça.

— Sim.

— Mas... tu és real.

— Tu criaste-me para te ajudar a entrar na água outra vez.

— Para me afogar?

— Tinhas de ser bem-sucedido desta vez. Adeus.

— Espera! Estou a entrar... estou a ir...!

TÂNATOS

Cada partícula da Criação contém a ânsia de voltar à sua fonte, tal como a onda que devolve a areia à costa retrocede para si, para o mar, para evaporar e ascender às nuvens, bafejada pelos ventos, e até eles retrocedem para si e deixam as nuvens chover sobre a terra e alimentar todos os seres vivos que irrompem, através da crosta, das raízes, para elevar caules e folhas e botões que rebentam em flores e frutos que alimentam todo o ser vivo que existe, para que possam crescer e atingir o seu potencial máximo, antes de Tânatos ligar o instinto de morte que os leva a enfraquecer e morrer, para serem absorvidos pelo pó, enquanto nós, nas diferentes formas da Criação, nos nutrimos a nós próprios com várias formas da mesma vida, trazidas pelas chuvas que levam as correntes e rios para casa, para o mar, muito embora os corpos efémeros que escolhemos habitar incubam essa mesma ânsia, que inevitavelmente nos devolverá àquela fonte para lá da Criação ao sermos plantados no chão ou espalhados em cinza; das cinzas às cinzas, do pó ao pó, não sem razão de ser, mas, primeiro, enquanto vivos, para vir a saber que todas as coisas fazem parte de todas as outras, da grande extensão, num elo inquebrável, não apenas para o saber, mas para percecionar com cada célula do nosso ser, que somos apenas uma parte minúscula da Criação, porque nós, únicos e nada únicos, mas apenas mais uma forma de coisa viva, somos feitos dos mesmos elementos e temos de entender, finalmente, que cada uma das nossas células não nos pertence, mas sim ao eterno desconhecido, tal como a vida nas ondas do mar, nos grãos de areia, no vento, nas plantas da terra, e mesmo na miríade de habitantes terrestres e que se pode estender muito para além da Terra, para as regiões mais próximas do universo e muito para lá delas também, tal como os buracos negros puxam para dentro de si, todos são criados com a mesma ânsia: Tânatos, mantém-nos em contacto com a essência a partir da qual fomos criados, concebidos, sentidos, mas não vistos, uma vontade para nos reunirmos com o Criador tal como o nosso ser implora silenciosamente, leva-me, leva-me para casa!

PEGADAS ALIENÍGENAS

A PEGADA DE CALCANHAR SANGRENTO JAZIA esparramada no chão perto da parede, bem longe da porta. Os dedos da marca do sapato estava no chão do lado oposto da parede. Parecia que alguém ali tinha passado antes de a parede lá estar, mas a casa era velha e o sangue era fresco.

— Alguém atraiu a vítima para esta estrutura abandonada. — disse o agente Morrow.

Mais pegadas levavam à parede em frente e desapareciam com outra pegada de calcanhar perto da parede como se alguém a tivesse atravessado até ao exterior.

O agente Morrow estava num impasse, mas não completamente. Ele era o único polícia aberto a possibilidades para lá da norma, especialmente ao investigar homicídios que incluíam elementos estranhos e não eram bem normais. Havia uns poucos ultimamente e também em cidades vizinhas. Tão estranhos como aquela pegada. Tinham acontecido demasiados crimes esquisitos nos últimos tempos. O agente Morrow era o único que se atrevia a pensar além do racional, especialmente quando alguns eventos pareciam paranormais. Encontrara também um novo recruta, cuja mãe lançava ocasionalmente cartas de tarot. Morrow podia questionar Kurt sobre certos fenómenos metafísicos. No entanto, era Morrow, com o seu sexto sentido, quem estava disposto a espreitar para lá do véu para encontrar algumas respostas.

— Lá fora. — disse ele gesticulando para Kurt. — Vamos ver onde estas vão dar.

— Mas terminam na parede exterior. — disse Kurt.

Morrow indicou que Kurt o devia seguir. Retrocederam para lá da parede com a pegada meio de um lado e meio do outro, e da macha de sangue e do corpo adulterado no chão, que mais parecia ter sido lacerado por um animal.

— Seja quem ou o que for que atravessa paredes — disse Morrow —, não consegue esconder as pegadas, porque o sangue é humano e os humanos não atravessam paredes.

— Mas essas são pegadas de sapatos de humano. — disse Kurt.

Ao lado da casa, as pegadas ensanguentadas continuavam pelo passeio de cimento ao longo da rua, tanto para baixo como para cima, como se a pessoa não soubesse para onde ir. As pegadas aproximavam-se de uma janela em canto. Ali havia muitas marcas como se uma pessoa ali tivesse ficado a sangrar. Morrow não estava surpreendido. Pela maneira como o corpo surgira lacerado no interior, deve ter sido um confronto horrendo. O próprio atacante deve ter sido ferido ou ficado encharcado com sangue da vítima.

Quando se agacharam para ver melhor, uma das pegadas mexeu-se! Ambos os agentes pularam para trás. Morrow sabia que estava a lidar com algo que era difícil de explicar, mas que testemunhava com Kurt. As pegadas começaram a carimbar o passeio rapidamente, como se em corrida. Apenas pegadas. Não viam ninguém, apenas pegadas ensanguentadas pousadas uma a seguir à outra, à velocidade de alguém a correr e sangue solto a gotejar. Cada pegada deixava menos sangue que a anterior.

— Que raio? — perguntou Kurt ao largar atrás das marcas.

— Abre fogo! — disse Morrow arrancando a pistola do coldre.

— Sobre o quê?

A pistola de Morrow falhou.

— Abre fogo, raios parta! — disse Morrow enquanto corriam atrás das pegadas. — Dispara!

Estava ao mesmo tempo a gritar e aterrorizado. Estava quase sem fôlego.

Kurt sacou da arma.

— Para onde é que disparo?

— Mais ou menos para onde atingirias uma pessoa. — disse Morrow. — Fogo, homem! Antes que deixemos de ver as pegadas.

Kurt disparou uma vez. As pegadas pararam e, depois, começaram outra vez, mais devagar e a arrastar-se. Kurt disparou mais uma vez e as pegadas pararam. Ambos os homens se aproximaram do que quer que fosse que fora atingido, porém mantiveram uma distância segura, uma vez que não viam absolutamente nada.

Lentamente, um ser grotesco começou a materializar-se enroscado em posição fetal no passeio. Não estava a sangrar. Só se via sangue nas solas dos seus sapatos e sobre a roupa, que o que usava era roupa. Os sapatos transformaram-se nos nas garras mais medonhas imagináveis. Ao avistarem a cabeça e cara, os olhos afundaram nas suas cavidades, como túneis com finíssimos raios de luz a irradiar delas, embora estivessem a perder brilho. A cara começou a assumir as características da cara da mulher de Morrow.

Morrow sobressaltou-se. Percebeu imediatamente.

— Tu não és Calley. — disse. — Não és a minha mulher.

Subitamente, a criatura transformou-se no irmão falecido de Kurt. A tentativa fraca de replicar os seus entes queridos era tenebrosa. Momentaneamente, transformou-se de novo em si mesmo — uma ser cinzento-azulado enfraquecido, com aqueles olhos penetrantes e garras encurvadas nas pontas dos membros. Usava um estranho uniforme cinzento que lhe assentava como uma luva corporal e poderia bem fazer parte da sua pele. Um fluido azul-esverdeado começou a escorrer dos buracos das balas e misturou-se com o molhado do sangue da vítima. Escorreu pelo cimento do passeio e caiu na sarjeta. Certamente, a coisa não era deste mundo. O seu uniforme rasgado dizia que estivera certamente num confronto. Tentou conter a perda de fluido apertando freneticamente os buracos das balas e outras feridas para se fecharem. Deu um murmúrio queixoso e agudo, esticou um membro cheio de garras como se a pedir ajuda. Continuou a apertar; as feridas continuaram a derramar azul-esverdeado.

Lentamente, a criatura perdeu a sua batalha para se manter viva e silvou como um animal enquanto se desfazia em pó e ia com o vento.

Uma vez recuperada a compostura dos agentes, Kurt perguntou:

— Como é que vamos escrever esta?

Assim que Kurt proferiu as palavras, o fluido azul-esverdeado no pavimento secou até passar a uma substância poeirenta e cada partícula estoirou numa miniexplosão, silvando e estalando, até que todo o derrame desapareceu deixando apenas as pegadas e manchas ensanguentadas.

Morrow abanou a cabeça enquanto ele e Kurt olhavam um para o outro com descrença. Morrow olhou em volta.

— Olha ali. — disse ele, apontando para o sangue deixado pela criatura que escorrera pela beira do passeio. — Eles diriam que parece que quem quer que fosse que matou o tipo dentro de casa, além, conseguiu uma fuga limpa para o seu veículo.

— O DNA provará que este sangue pertence à vítima. Crerão que mais alguém teria de ficar terrivelmente ferido naquela escaramuça que ali aconteceu.

Este crime pôs a cabeça de Morrow a girar.

— Sim, sim. — disse ele coçando a cabeça.

Algo não estava bem. Sentido subitamente horrorizado.

— Aquela coisa tentou assumir a forma da minha mulher. Por que terá tentado também transformar-se no seu irmão?

Kurt abanou a cabeça.

— Ele está morto. Também nunca apanharam os seus assassinos. Dizem que um gangue de malfeitores o esfaqueou à vez. Ficou a perder sangue.

Morrow estava ainda em reflexão profunda, juntando algumas peças com a suspeição que os polícias têm.

— Matou aquele homem ali. — disse. — Achas

que estes... estes alienígenas o fazem para sobreviver? Matam, mas porquê?

Kurt coçou a cabeça.

— Talvez se apoderem do corpo e vivam como essa pessoa. Poderão estar a infiltrar-se assim no nosso mundo.

— Pode ser. Definitivamente, não é um vampiro. Este não bebeu sangue nenhum. — disse Morrow. — Está espalhado pelo chão todo aqui e salpicado pela casa. Talvez levem a essência anímica da pessoa. Faz sentido?

— Talvez estes alienígenas, estas criaturas, suguem a alma. — disse Kurt.

Os seus olhos arregalaram-se perante a revelação.

— Depois disso, transformam-se na pessoa cuja alma roubaram e misturam-se connosco, humanos.

— Mas por que tentariam transformar-se em alguém, como o seu irmão, já falecido?

— Se fossem assim tão inteligentes — disse Kurt —, parece-me que apenas se apoderariam do corpo e expulsariam a alma para algum espaço etéreo.

— Esta... esta coisa alienígena... tentou transformar-se, primeiro, na minha mulher.

Morrow olhou diretamente para os olhos de Kurt mais uma vez, este devolveu o olhar.

— Dá o alerta de homicídio e espera pelos nossos homens. — disse. — Nada de relatório.

Morrow já estava a caminho do carro de patrulha.

— Preciso de ir ver da minha mulher.

NÍVEIS VIBRATÓRIOS

O Céu e o Inferno são unos, incluindo o Purgatório e outras estações de retenção entre uma coisa e outra. Um amigo disse-me, um dia, que tudo na Criação, incluindo nós, é uma vibração de energia. Frequências diferentes produzem o Céu e Inferno e tudo mais no meio do que chamamos realidade. Quando chega a nossa vez de passar para lá, é quando experienciamos existência por completo.

As nossas frequências pessoais estão ligadas aos seres com quem partilhamos nossas vidas. Quando pondero sobre isto, concluo que, embora as pessoas abandonem o plano físico, significa que as suas almas podem ainda estar por perto se todos estivermos ligados.

Isso poderá explicar algo mais que ponderei e me afetou um pouco. À medida que os meus amigos faleciam, antes, durante e depois de morrerem, dava por mim a penar noutros amigos que conhecêramos e desapareceram mais cedo. Estranhamente, encontro pequenas recordações que deixaram para trás ou que lhes associo. O que partilhámos com cada um deles vem-me à cabeça. Ocasionalmente, quando morre alguém que conheço, posso pensar em alguém que costumava conhecer, apenas para descobrir que tinham falecido há muito. Também sonho com os defuntos. Estariam, então, estas almas simplesmente a espreitar para enviar a notícia da sua partida? Por que me viria alguém à cabeça se acabavam de falecer? Por que regressariam estas almas para uma visita, coincidentemente, ao mesmo tempo que um dos nossos companheiros vibratórios falecia?

Se o universo e tudo mais é vibração energética, uma pessoa a abandonar o seu corpo poderá abrir canais para que almas desaparecidas visitem, como que em solidariedade, enquanto a vibração da morte reverbera a sua frequência, para dar as boas-vindas a outro. Uma pessoa a passar para lá abre um canal para percorrer e os falecidos podem entrar em contacto connosco, embora apenas por pouco tempo. Uma continuidade, até que as pessoas que uma vez conhecemos mudem de frequência. Os amigos que conheciam pessoas que não conhecemos mantém o processo inevitável em marcha. Cada nova frequência de almas a passar para lá ajuda a libertar aqueles que vão à frente de ter de voltar e a empurrá-los para um novo destino. Nunca conheci os meus bisavós ou antepassados mais antigos. Talvez seja por isso que não me visitam.

O ESTOJO DE VUDU

A Jamaica era uma instância de férias maravilhosa, à exceção a cerimónia de vudu. Fui a uma e mantive-o em segredo do meu marido descrente. Jim, o mágico da eletrónica, fora inesperadamente convidado para discursa numa aula noturna da escola local. Dei por mim entre estranhos numa floresta. Depois de experienciar a cobra viva em torno do meu pescoço, jurei nunca mais dançar até entrar em transe. É bom estar finalmente de volta à nossa casa de campo, mas algo em que nenhum de nós reparou no aeroporto, foi que a mala de outra pessoa fora trocada com a nossa por lapso.

— Marla, tenho de ir. — disse Jim depois do pequeno-almoço. — Vê o que consegues fazer em relação à mala.

Conseguir que a nossa mala fosse devolvida seria por si só um emaranhado de burocracia. Fiz várias chamadas e descobri que ninguém reportara bagagem em falta. A mala estava no armário para onde Jim e eu a atirámos. Devia simplesmente ser devolvida ao aeroporto.

Quando a fui buscar, via-se uma luz estranha por

baixo da porta do armário. Quando abri a porta, a luz dissipou-se. A luz surgiu outra vez quando fechei a porta. Puxei a mala de couro castanha para fora e larguei-a numa cadeira.

O que estaria lá dentro que parecia brilhar? Abri a tampa e mal me consegui agarrar à consciência quando a cerimónia de vudu se desenrolou à minha volta! Desta vez não perdi os sentidos e testemunhei a cerimónia toda que perdera da primeira vez. O som dos tambores e cantos enraizaram-se em mim. O sangue das galinhas sacrificadas espalhou-se na minha cara. Um machete foi brandido! Agachei-me e ouvi um grito arrepiante que foi silenciado atrás de mim.

— Isto não está a acontecer!

O *hall* de entrada começou a desvanecer. Estava a ser puxada de novo para o transe na floresta. Vi uma árvore e tentei alcançar o ramo mais próximo para me equilibrar. Várias mãos barraram-me com sangue quente.

— Fecha! — disse ouvindo-me gritar as palavras.

A consciência parecia estar a escapar-se, mas consegui atirar com a tampa e apertar o fecho. Os cantos ainda tiniam nos meus ouvidos, mesmo enquanto o sangue desaparecia do meu corpo e roupa. Os meus joelhos quase cederam. Tive de me sentar para parar de tremer.

Por que haveria a mala voltar para aeroporto apenas para que outra pessoa caísse no seu feitiço ao abri-la? Teria realmente havido um sacrifício humano na floresta? Eu vi o machete. Eu ouvi o grito que foi cortado. Poderia esta mala conter provas de um sacrifício humano?

A minha mente entrou numa espiral de perguntas, mas não conseguia racionalizar o que acontecera.

Não podia devolver aquele estojo de vudu. Destinava-se a mim. Não podia sequer dizer a Jim, pois teria de revelar o que fizera na sua ausência. Que tinha eu feito abater sobre nós?

— Vou queimá-lo. — disse fitando o portador do mal. — O fogo purifica.

O amontoado de ramos de folhas na fogueira atrás da nossa casa flagrou em chamas amarelas, laranjas e vermelhas que cresciam furiosamente em direção ao céu. Atirei a mala. Voou pelo ar e aterrou no monte de lixo que ardia. Os meus joelhos cederam, mas tinha de ficar a ver, pelo que me arrastei a gatinhar para longe do fogo. As chamas lambiam a couro velho. Os tambores, os gritos abafados e o choro pareciam ser levados pelas chamas. O fogo impediria uma maldição.

Uma vez dentro de casa, o duche foi revitalizante. Uma chávena de café quente seria calmante.

De súbito, Jim irrompeu pela porta das traseiras trazendo a mala e o machete que usava para cortas as sebes. A mala não se queimara!

— O que estás a tentar fazer? — perguntou como se julgasse que eu cometera um pecado mortal.

— Não pertence a ninguém. — disse eu.

A luz irradiou da mala. Jim seguiu o meu olhar para baixo. A luz sobressaltou-o. Largou a mala no chão. A tampa abriu-se e a cena vudu ressurgiu como anteriormente, mas com ainda mais força e transcendência do que quando estive na floresta. Um grito rasgou-me a garganta enquanto Jim me atacava com o machete.

PEKOE

UMA CASA-DE-BANHO PORTÁTIL FORA COLOCADA
ao lado do café Java Bean, onde eu me sentava no alpendre em frente à autoestrada Kuhio em Kapa'a.
Aquela deveria ter sido colocada ao longo da linha das
árvores, por detrás dos estabelecimentos. Um novo
edifício estava a ser construído no lote vizinho. Os
ventos alísios sopraram trazendo o cheiro. Não conseguia imaginar a razão pela qual a latrina fora colocada
tão perto da esplanada do café.

O vulcão Kilauea não cuspia naquela manhã. A
cratera de Halemaumau era na Grande Ilha do Havai,
na ponta sul do arquipélago havaiano, oposto à ilha
Kauai, a norte. De cada vez que o Kilauea entrava em
erupção, lançava cinzas vulcânicas para o ar que fi-
cavam presas nas nuvens e nevoeiros que os ventos
alísios sopravam pelas ilhas. As cinzas pintavam o
nascer e pôr-do-sol de rosa, coral e vermelho. As manhãs e os fins-de-tarde davam fotografias espetaculares.

Bebi do meu chá e levantei a cara para aproveitar
o sol. Entre os sons de carros a passar, ouvi um miado
distante. Alguma gata devia ter dado à luz a uma ni-

nhada lá atrás, entre as árvores ou debaixo do edifício. Um gatinho estava a tentar chamar à atenção. Sendo que o miado continuava, levantei-me para ver de onde vinha.

Sustive a respiração ao passar pela casa-de-banho, mas percebi que o miado vinha do interior. Fitei o cubículo azul, apertando o nariz e a boca. Tem mesmo de ser? Inspirei uma golfada de ar fresco e abri a porta de rompante. Para minha surpresa, uma pequeníssima bola de pelo laranja jazia no chão. Grunhi de surpresa e expeli o ar. Se não era acabado de nascer, teria apenas um ou dois dias de vida. Miava e tentava mexer-se, mas era demasiado novo e ainda não conseguia manter os olhos abertos. Quando tentava erguer a cabeça, esta tremia e tornava a cair. Provavelmente estava fraco por ter fome. Uma parte de cordão umbilical envelhecido continuava agarrada. Apanhei-o rapidamente e com jeito, virei-me, e fechei a porta ao com um golpe de calcanhar. Era tão pequenino que me cabia na palma da mão. No caminho de volta para o alpendre, verifiquei que o gatinho era macho.

Sentei-me no alpendre com aquela pequeníssima doçura ao meu colo. Tinha parado de chorar e depressa adormeceu entre as minhas coxas. Levantei uma perna, apoiei o pé noutra cadeira e mantive a minha mão leve por cima do seu corpo para o proteger do sol e do vento. A dona da loja Mais Um Carregamento, acima do café, viu o gatinho e pareceu verdadeiramente surpreendida.

— Onde encontrou esse pequenote? — perguntou Lani.

— No caixote azul. — disse eu, acenando em direção à casa-de-banho. — Alguém o deixou onde o encontrassem.

Lani pareceu aliviada, mas zarpou como tivesse uma missão. Fiquei ali sentada a cobrir o gatinho com a minha mão enquanto os ventos alísios sopravam sobre nós. Os ventos suaves não me faziam diferença, mas aquele pequenino podia ter frio. Puxei a ponta do meu *sarongue* sobre ele e pensei em como lhe poderia arranjar um lar. Era tão novinho que me perguntei se tivera oportunidade de mamar. Não o queria levar à Humane Society.[1] Embora essas pessoas dedicadas fossem cuidar carinhosamente dele, Kauai tem tantos gatos abandonados que ele era capaz de viver numa jaula durante meses ou de nem sequer ter hipótese de viver.

Estava prestes a ir embora quando Lani voltou a correr com uma mão cheia de coisas. Tinha ido ao veterinário dois quarteirões mais abaixo e trouxe um biberão pequeníssimo com uma pipeta e leite para gatinhos em pó. O meu coração compadeceu-se com o seu altruísmo.

— Posso dar-lhe de comer? — perguntou.

Deve ter-se apaixonado. De um salto disse:

— Espere.

Apressou-se a subir as escadas da sua loja de mantimentos, regressou uma camiseta suave e embrulhou o gatinho nela. O gatinho aceitou o biberão imediatamente.

— O que lhe chamaremos? — perguntou. — Que tal darmos-lhe um nome havaiano?

— Não necessariamente — disse eu. — Ele é da cor laranja do chá preto *pekoe*. Por que não Pekoe?

Rimo-nos como crianças. Os instintos de Lani eram mais maternais. Por fim, Lani passou Pekoe de novo para mim para poder ir atender clientes. Outros que estavam no alpendre acumulavam-se para ver.

Toda a gente queria dar festinha à cabeça de Pekoe, que era a única coisa que saía das dobras da camiseta velha. Fiquei preocupada com a pequena cabecinha a levar pancadinhas de tantos e cobri-lhe a cabeça com a mão para o proteger.

Poderia levar este gatinho para casa? O meu vizinho já tem seis gatos grandes que rondavam e caçavam alimento no meu quintal e nos dos vizinhos. Aqueles animais vorazes mantinham os ratos, que vinham de uma ribeira próxima, sob controlo.

Felizmente para o pequeno Pekoe, a assistência estava enamorada. Nenhum mais do que Lani. Ela regressou uma pequena caixa de cartão que continha uma almofada.

— Vai levá-lo para casa? — perguntou soando desapontada.

— Não posso. — disse eu.

O sorriso de Lani espalhou-se pela sua cara. Queria contar-lhe dos gatos dos meus vizinhos, mas ela não me deu hipótese.

— Eu quero-o. — disse e assim ficámos.

Pekoe seria agora — ou quando crescesse — a mascote guardiã da loja de mantimentos. Teria os seus próprios ratos para perseguir entre as árvores e arbustos das traseiras.

Lani é só sorrisos e, alegre, levou Pekoe pela escada acima.

Um homem de barba aproximou-se lentamente e sentou-se a meu lado. As suas roupas estavam limpas, mas encardidas pela nossa poeira vermelha rica em ferro.

— Para onde foi o gatinho? — perguntou.

— Pelas escadas acima — disse eu sorrindo.

— Ela vai ficar com ele? — perguntou-o como se soubesse que era tarde de mais.

— Acho que sim. — disse.

— Tinha-me dado jeito aquele gato. — disse ele começando a ir embora. — Tenho muitas coisas trepam e rastejam na minha quinta.

Se Lani fosse forçada a desistir a mascote da loja, Pekoe teria outro lar à espera.

Levei a cadeira para sombra do chapéu-de-sol, que se mudara e apoiei os pés noutra cadeira. O som de maquinaria pesada fez-me olhar. A casa-de-banho portátil estava a ser mudada mais para trás. Kilauea não estava em erupção naquela manhã e ventos sopravam frescos. Respirei fundo enquanto os coqueiros próximos abanavam na brisa. Era mais um dia magnífico no paraíso.

A GRANDE SENHORA DA
SABEDORIA

Algumas pessoas comem cabrito.[1]

Na propriedade para lá da cerca do quintal, onde a minha vizinha Alana e eu vivemos no Havai, são criadas cabras e vendidas como alimento. Outros usam-nas como corta-relvas. São pequenos animais vorazes que comem e ruminam o dia todo.

Alana já comera carne de cabrito quando era criança e achava-a deliciosa. Desde então, tornara-se vegetariana.

As suas sobras são atiradas às cabras. Quando as frutas e legumes no seu frigorífico começam a murchar ou apenas a ficar tocadas, são lançadas às cabras vorazes; uma mudança bem-vinda à dieta de relva e cereais. São como humanos que se entusiasmam com um alimento que raramente seja incluído em refeições diárias.

As cabras adoram a sua comida. Assim que o seu portão abre a cada manhã, quase todas correm pelo prado balindo e chegando à área pisada em frente à sua cerca. Encontram rapidamente as delícias que ela atirou. Eu também atiro com comida. A grande alegria de Alana é dar-lhe comida à mão. Algumas das cabras apressam-se a ir mesmo até à cera com o seu focinho inquisidor para aceitar as cenouras, cascas de pera-abacate, folhas de alface e outras guloseimas saboro-sas. Algumas tentam pular a cerca. São umas gulosas.

Entre essas várias cabras de tamanhos, idades, cores e marcas diferentes, Alana tinha uma favorita. A sua conversão ao vegetarianismo levara-a a uma reno-vação espiritual. Usa o símbolo de meditação de *Om* numa corrente dourada ao pescoço.

— Como pode alguém comer animais tão adorá-veis? — perguntou, soando verdadeiramente orgu-lhosa da sua decisão.

Sim, as cabras são adoráveis, pelo menos, estas eram. As cabras temperamentais podem ser amistosas e engraçadas. Estas olhavam para nós como se enten-dessem a conversa de patetices que Alana tentava ter com eles.

Familiarizámo-nos com as personalidades peculi-ares de cada animal. Uma cabra castanha ficava para trás, na ponta da ravina, como se inconformada com ter de seguir e observar a cabrada. Essa cabra rara-mente se aproximava de início, ficando à espreita. Alana encorajava-a a aproximar-se agitando um talo de brócolos no ar e lançando um pedaço na sua dire-ção. A princípio era tímida e fugia de onde os brócolos aterrassem.

Certa manhã, Alana estava sentada no seu pátio a observar aquelas criaturas vorazes. A cabra castanha passou, por acaso, mais perto do que alguma vez se atrevera. Era grande e de um castanho-médio subtil, não um castanho-escuro e sujo ou um castanho-aver-melhado baço, como algumas. Tinha algum pelo preto ao longo das costas até à cauda e nas patas, e um arco de branco sombreado atravessava-lhe a cabeça acima das orelhas. As pontas das orelhas também eram brancas e, no meio da sua testa, havia uma mancha branca redonda.

— Uma pinta *tikka*! — disse Alana empolgada por ver tal marca num animal.

Olhando para ela de frente, os tons claros e escuros do seu focinho emolduravam aquela pinta simetricamente. Ela era certamente especial. Como se intencionalmente, virou-se, exibindo o seu lado direito.

— Olha ali! — disse Alana, cuja voz excitada ia para lá da cerca para onde eu estava, no meu quintal.

No meio das costelas da cabra, do cimo do seu corpo até à barriga, e também em branco, estava a imagem revertida, e quase perfeita, do símbolo de meditação *Om*, que Alana usava ao pescoço.

— Uma cabra sagrada! — disse ela.

Como podia tal marca surgir num animal e, ainda por cima, revertida?

A cabra ficou a comer perto da cerca em frente a Alana durante muito tempo como se a convidasse a travar amizade. Depois de um bocado, Alana foi buscar o seu livro de fontes e folheou-o até à secção de nomes femininos indianos. Aquele dócil animal com símbolo de *Om* revertido merecia um nome.

— Este é bom. — disse ela. — *Mahesvari*. Significa "grande senhora".

Uma vez que *Om*, seja para a frente ou para trás, representa o som da sabedoria espiritual, como explicou Alana há muito tempo, procurou outro nome e encontrou *Viveka*. Tal poderia traduzir-se por "sabedoria". Então, com a sua capacidade limitada para conjugar nomes indianos, batizou a sua amiga de quatro patas Mahesvari Viveka, que significava

"Grande Senhora da Sabedoria". Pelo menos, era o que significava para a cabra e para ela, e sabia que se compreendiam uma à outra.

Depois disso, todas as manhãs a Grande Senhora vinha com a cabrada correndo animadamente e de orelhas a saltar como as outras.

— Tal como eu. — disse Alana. — Envergonhada até me conhecerem.

Mahesvari comia as guloseimas. De seguida, ficava sem se mexer a fitar Alana atentamente através das pupilas escuras e oblongas dos seus olhos amarelos de cabra.

Alana falou-lhe suavemente naquele dia até que a Grande Senhora passou a conhecer a sua voz. Muitas vezes, ficava para trás, na ponta da ravina, enquanto as outras cabras se deleitavam com vegetais. Ela vinha quando era chamada pelo nome e saltava contra a cerca de arame farpado com os cascos tentando aproximar-se do que pudesse ser oferecido. Tornou-se amistosa o suficiente para que Alana pudesse dar-lhe festas. Isto fez-me pensar em como poderia alguém comer uma criatura como esta.

Passadas várias semanas, reparei em Alana junto à cerca sem que cabras estivessem presentes. O prado estava vazio. Alana parecia estar muito perturbada. Apressei-me para junto dela para perceber o que estaria errado.

— As cabras foram vendidas. — disse ela.

Os seus olhos estavam vermelhos, a sua expressão era de verdadeira tristeza.

Questionei-me se as cabras teriam sido vendidas como animais de pasto, para manter ervas sob controlo na propriedade de alguém, ou se a cabrada inteira fora mandada para abate.

A ÚLTIMA COISA QUE FAÇO

A passagem das nuvens é quase impercetível, a não ser que o barco se agite e perturbe o seu reflexo antes de a água se tornar de novo um espelho. A paisagem está completamente calma, sem que qualquer árvore ou ramo se dobre. A luz do sol bate poeirenta e parece ser a única coisa que se move.

Sento-me, infinitamente presa à serenidade do lago. Penso na última coisa que tenho de fazer, mas não tenho ido à água desde que partiste. Partiste, mas ainda não desapareceste completamente e este não é o local. Saberei quando encontrar o sítio onde tu e eu nos costumávamos sentar e passar as horas à medida que o precioso tempo juntos se esgotava.

Remo. Costumávamos remar à vez. O nosso passatempo preferido era tentar encontrar o centro exato em relação a todas as margens. Eu sempre tive dificuldade em encontrar o local exato, mas, hoje, relembro as tuas palavras: "É mais ou menos onde se consegue ver a torre da igreja do monte."

A tua presença, como sempre, está comigo, mesmo depois de não ser possível trazer-te de volta. Já não podes falar comigo, mas o teu humor brincalhão assombra as minhas memórias, tal como as tuas gargalhadas.

Espero até a água parar mais uma vez. Então, devagar, abro a urna e liberto-te de uma mente que te manteve cativo e que, no entanto, nos manteve separados e juntos por tantos anos; liberto-te para seres a alma liberada que és.

FUTURA VENCEDORA

O calor e humidade de Kauai eram quase insuportáveis quando os ventos alísios se ausentavam. As portas da galeria Hale Ho'oki'iki, na vila de Kinipopo, em Kapa'a, no descontraído lado este, estavam abertas de par em par. Não queria ser a primeira a chegar, mas vi que outros já lá estavam. Tinha tempo para conhecer alguns dos artistas. Pelo sim, pelo não, trouxera um portfólio com algumas das minhas outras obras.

As minhas fotografias e uma grande pintura floral a óleo estavam expostas para venda. Atrevi-me a entrar no concurso de artistas locais e alguns dos meus trabalhos foram aceitoss para a Nova Exposição de Arte de Kauai de florais sobre tela ou fotografia. Quando soube, várias semanas antes, o que fora aceite exatamente, o meu coração bateu forte. Parecia uma confirmação de que escolhera os temas certos para o meu trabalho. Ao dar uma volta rápida pelas salas da galeria, observei que, pelo menos, um quarto das obras de arte estava etiquetado como vendido, mas nenhuma etiqueta agraciava as minhas peças. Além disso, à medida que as pessoas circulavam pela sala, notei pouco interesse nas minhas mostras. Por essa altura, sentia-me um pouco insegura em relação às minhas capacidades.

Saí para apanhar ar. As pessoas davam voltas ao pequeno pátio interior, levando bebidas e *pupus*:[1] fatias de *musubi* de SPAM[2] e pedaços de ananás grelhado no espeto. Um havaiano de pele morena em traje tradicional completo sentava-se a abrir cocos frescos frios com um machete. Leite de coco frio era sempre uma marca das ilhas. Reconhecia vários locais. Numa ilha, os que tinham algo em comum tendem a congregar-se. Contudo, também via caras novas.

Conversar não é um dos meus pontos fortes, mas aprendi a aguentar-me de certa forma. Cumprimentei todas as pessoas que conhecia e fiquei surpreendida com a quantidade de contactos que estavam interessados na minha obra. Dentro em pouco, fomos chamados para interior para a entrega de prémios.

As cerimónias de entrega de prémios eram algo de que eu disfrutei no passado e desejava apenas que a minha obra pudesse obter algumas distinções. O júri deste concurso era composto por artistas de Kauai, bem conhecidos, e gerentes de galerias. Um jurado voou desde Honolulu para ocasião. Para meu azar, muitos dos artistas da exposição conheciam os jurados. Isso punha-me nervosa.

A apresentação demorou um pouco de mais, e tiveram de ser trazidas ventoinhas para fazer o ar circular. Nem todas as peças vendidas receberam prémios. Algumas por vender ganharam os melhores prémios e tinham sido pré-selecionadas antes de hoje. O meu nome não foi chamado; nenhuma etiqueta marcava nenhum dos meus trabalhos como vendido ou detentor de especial reconhecimento. Fiquei desanimada.

Vagueei pelas quatro salas e reparei que ganharam as mesmas pessoas que costumavam ganhar a maioria das competições. Na verdade, eu sabia que alguns dos jurados e artistas eram amigos. Tinha de questionar o que se estava aqui realmente a passar. Suspirei. Não conhecia os jurados pessoalmente ou os outros artistas. Estou certa de que os meus ombros descaíram. No entanto, estava determinada a ser a futura vencedora.

O fotógrafo do jornal local estava a tirar fotografias dos vencedores. As atenções foram chamadas para uma pessoa em particular, que ganhou "Melhor da Exposição". Ela pintou uma paisagem chamada *Flores da Praia*. A mim mais me pareciam paus e pedras na lama. Onde estava a praia cintilante e água espumosa azul-turquesa, ladeada de glórias-da-manhã e vinhas que trepavam em torno de pedras vulcânicas e sobre a areia? Eu estava tão chocada quanto a própria parecia estar. Tinha ar de ter acabado de sair da praia; cabelo em tiras, *sarongue* velho e debotado e chinelos de borracha em pés calosos e sujos. Franzi a cara. Devia passar os dias a pintar ao ar livre e a negligenciar os cuidados diários. Os castanhos entediantes, amarelos e negros do quadro, pareciam emular a sensação de olhar para ela. Relembrei-me de que não devia ser demasiado crítica. Ela criava algo que adorava, independentemente da minha incapacidade de interpretar o seu trabalho. Um dia chegaria a minha vez, porém, se era suposto conhecer alguns dos jurados primeiro, encontraria outro caminho.

Por esta altura, estava dolorosamente desiludida comigo mesma. Fui ver, pela última vez, a minha pintura, de um metro por um e vinte, de uma flor de hibisco, que intitulara *O Gigante Vermelho*, a ser exibida numa galeria, pelo menos por esta curta duração. Oferecia uma explosão de cor espetacular. Os visitantes poderão vir a lembrar-se dela por não ter ganho nada. Gostava de ter tirado uma fotografia da minha tela exposta num evento pela primeira vez, mas fotografias não eram permitidas, nem mesmo aos próprios artistas.

A progredir entre a multidão, fiquei surpreendida por ver uma mulher de meia-idade, que trajava um vestido havaiano com bom gosto, e um homem de aspeto distinto, cabelo grisalho, calções brancos e uma camisa havaiana cara da Tori Richard, a ver a minha flor de hibisco. Acenavam e sorriam, mas não tinham tirados os olhos da tela. Afastaram-se para a ver na totalidade e, depois, aproximaram-se para a examinar bem de perto. O meu coração acelerou. Aproximei-me sorrateiramente fingindo examinar o quadro ao lado.

— Não é maravilhoso? — perguntou a mulher com sotaque de Nova Iorque quando me cheguei.

— Gosta d'*O Gigante Vermelho*? — perguntei.

— Gostávamos de ver mais obras deste artista. — disse ela. — Davam-nos jeito umas telas grandes e requintadas. Este artista tem talento para os ângulos também nas fotografias em grande plano.

Ela gesticulou para a sala em redor.

Fiquei em alerta. Senti o coração na garganta.

— Acho que é possível. — disse puxando do meu portfólio.

— Trabalha aqui? — perguntou o homem.

Estava tão empolgada que não consegui evitar o sorriso.

— Este é o meu quadro. — disse.

Surpresa, a mulher gesticulou para o que eu tinha na mão. Pediu para ver o meu portfólio. A sua pulseira *kuuipo* de ouro reluzente e outras da Hawaiian Heirloom chocalhavam enquanto ela folheava as páginas envoltas em plástico transparente. Ao ver a secretária perto da porta, sentou-se para as ver com mais atenção.

O seu marido olhava por cima do seu ombro.

— Ah... — dizia ele. — Ah!

— Sim, este... e este. — disse ela folheando as páginas.

As minhas emoções oscilavam para cima e para baixo. Numa sala cheia de gente, ninguém veio interromper. Ter-se-iam apercebido de que algo importante me estava a acontecer?

A mulher ergueu-se e ofereceu a sua mão decorada com joias.

— Sou Eve Hutton. — disse. — Este é o meu marido, Benny. — Tomou fôlego e prosseguiu. — Onde podemos ver o resto das suas obras?

Apertar-lhe a mão deu-me tempo suficiente para recompor os meus pensamentos. Não queria parecer desesperada.

— Estão hospedados na cidade? — perguntei, esperando que este casal distinto não pensasse que eu era uma novata em exposições.

— Estamos. — disse Benny.

Este apresentou um cartão de visita e retirou vários panfletos coloridos do bolso da camisa.

Olhei para eles por um instante e, interiormente, tive o maior momento de descoberta da minha carreira de artista novata. Benny e Eve eram os donos da galeria Ma'alea que abriria em breve em Poipu, na luxuosa costa sul da ilha.

— Mudámo-nos para Kuai. — disse Eve. — Reformámo-nos, fechámos a galeria em Nova Iorque e deslocámo-nos para o paraíso.

— A arte é a nossa vida. — disse Benny. Sorria calorosamente. — Evidentemente também é a sua.

— A arte em todas as suas formas. — disse. Mal podia acreditar.

— Nesse caso — disse Eve —, decidimos que também gostamos dos seus grandes planos. Mais ninguém aqui fez grandes planos que se comparem aos que a senhora produziu. A sua pintura enorme d'*O Gigante Vermelho* é espetacular. — A sua mão espalhou-se pelo portfólio. — Esta fotografia de um ouriço-do-mar cor-de-laranja é extraordinária.

— O ouriço do mar é da minha coleção subaquática. — disse incapaz de parar de sorrir.

— Então, podemos ver mais obras suas? — perguntou Benny mais uma vez. — Estamos a planear uma grande abertura intitulada *O Futuro das Artes*. E também gostávamos de uns *giclées*.

Avisei-os de que o meu estúdio era um quarto na minha simples casa insular, com as paredes cobertas de arte. Quanto a alguns giclées grandes, as pinturas que escolhessem podiam ser encomendadas da minha galeria online, emolduradas por medida e tratadas com antirreflexo de acordo com as suas instruções e seriam recebidas bem a tempo da sua abertura.

Eve, por sua vez, disse-me que gostavam tanto das minhas peças que me colocariam na melhor sala da sua galeria. A minha chamativa e gigantesca flor de hibisco receberia uma luz espetacular. Não tinham pedido a mais ninguém nesta exposição para se juntar, mas já tinham contratado mais três artistas da ilha.

Estes maravilhosos amantes das artes escolheram-me a mim de entre este grupo!

— Quatro artistas será o máximo que aceitaremos de cada vez. — disse Benny.

Estou certa de que já tinham visto outras galerias e exposições na ilha, se já tinham escolhido mais três, mas escolheram-me a mim nesta exposição. Uma exposição com outros artistas selecionados não me intimidava. Era um elogio fantástico. Eve acabara de dizer que dariam às minhas peças a melhor sala da casa. A minha obra apareceria nos seus panfletos e no jornal local, ao lado da dos outros artistas.

Que importa não ter ganhado ou vendido nada hoje? Aconteceu-me algo fortuito e grandioso. Espero que, quando Eve e Benny vierem a minha casa, considerem a minha pintura de um metro por um metro e vinte em curso de uma plumária-arco-íris em rosa e amarelo que estou quase a acabar.

INOCÊNCIA

Elise e Joe acabaram. Ela estava no último ano da secundária e Joe já a terminara há três anos. Ele metia-se comigo quando ia a festas da escola com Elise. A maneira como me piscava o olho devagar fazia-me pensar que gostava mais de mim do que dela. Os nossos colegas também nos viam namoriscar. Algumas das raparigas perguntavam-se porque andava ele com Elise se eu era muito mais bonita. Disso eu não sabia. As minhas amigas dizem que ele andou com ela porque ela vai para a cama com ele. Ele também andou com Shera e Clarissa. O pessoal na escola coscuvilhava e dizia elas iam para a cama com toda a gente, mas elas não eram as únicas raparigas com quem se dizia que Joe tinha andado.

Eu afastava-me do falatório. A minha melhor amiga, Cindi, e eu decidimos que era tudo uma idiotice. Joe era o sonho de qualquer rapariga. Quando Elise e Joe acabaram, vi a minha oportunidade. Joe e eu estivemos a sair secretamente nos últimos três fins-de-semana, nas noites de sexta e sábado.

— Tenho-me sentido profundamente atraído por

ti. — disse-me ele na primeira vez que estivemos juntos.

Tive de perguntar:

— Fizeste-o com a Elise.

Ele encurvou o canto da boca e rebolou os olhos.

— Não, nunca estivemos perto disso.

— Mas andaram durante dois anos.

— Acho que ela queria seguir em frente. — Olhou curiosamente para mim. — Não foi sério. Saio com muitas miúdas. — O seu sorriso abriu-se. — Tu podias ser a minha única miúda, se quisesses.

Não sei como, acho que só falou em andar com outras para me fazer ciúmes.

Dez da noite era a hora de recolher marcada pelos meus pais. Encontrei-me com Joe outra vez, quando saí da casa de Cindi, ao fim da tarde, fazendo de conta que tencionava ir a caminho de casa. No recreio escuro, Joe pressionara-me contra a prede de cimento até as minhas costas me doerem.

— Deixa lá! — disse ele, implorando. — Sabes que também queres.

A sua respiração quente dançou no meu pescoço.

Quis deitar-me logo ali nas sombras do relvado da escola e deixá-lo ter-me, mas por que não tinha tentado beijar-me? Se um tipo se importava, não era o beijo que vinha primeiro? Isto estava a acontecer depressa demais e não da maneira como eu achava que devia ser. Tentei beijá-lo e esfregar a língua nos seus lábios, como ouvi as outras raparigas dizer, e ele afastou-se rapidamente. Não seria um beijo a começar tudo?

Os seus braços envolveram-me a toda a cintura até que pareceu que nos derretemos um contra o outro. Sentindo a sua excitação entre nós, quase cedi.

— Não posso, Joe. Assim, não.

Eu estava tão excitada quanto ele. E ele sabia-o, mas por que não me tentava beijar? Eu queria mesmo sentir como era ser beijada da forma como ouvi.

As nuvens no céu abriram. A posição da lua lá em cima devolveu-me à realidade como um choque. Olhei para o meu relógio acima do ombro de Joe. Joe estava atraente, abalado e um pouco confuso.

— Raios parta o recolher! — disse entre dentes.

— Se eu não for para casa, os meus pais põem-me de castigo durante um mês.

Corri pelos três quarteirões da escola à minha casa.

Os meus pais estavam sentados na sala a dar pipocas um ao outro e a ver um filme antigo. Era isso que eu queria; o conforto de um companheiro de vida, embora o que trocássemos pudessem não ser pipocas.

A minha mãe viu-me.

— És tão boa rapariga. — disse ela. — Sempre em casa a tempo.

Mal sabia ela que podia ter o namorado dos meus sonhos se pudesse ter ficado mais tempo. Ele será meu em breve, se eu consegui deixar de ter medo de o fazer pela primeira vez.

Pensei que Cindi soubesse de mim e Joe, mas como podia? Nós encontrávamo-nos em segredo. Eu não estava preparada para dizer a ninguém que Joe e eu andávamos, até ter a certeza que assim era. Se fizéssemos tudo, ele seria meu. Depois disso, podia contar a toda a gente. Ainda assim, estava tão feliz que queria partilhar o meu segredo com a minha melhor amiga.

Na segunda-feira de manhã, encontrei toda a gente a falar animadamente no corredor. Algumas raparigas com péssimas reputações estavam a chorar, o que era estranho porque, normalmente, agiam como duronas. Os rapazes e raparigas estavam em cantos opostos, o que também era estranho. Os rapazes pareciam confusos. Não ouvia a voz chamativa ou a personalidade de Elise que, habitualmente, dominava os corredores. Shera, quase a chorar, agarrou Clarissa quando esta entrou pela porta e disse-lhe algo de a fez ficar pálida como um fantasma e desmaiar no chão, mesmo em frente aos cacifos.

Encontrei Cindi e perguntei:

— O que se passa?

— Não ouviste dizer?

— Acabo de chegar.

— É Elise. Vai morrer!

— O quê-ê?

— Sabes aquele tipo, Joe, não sabes? Aquele com quem ela tem andado?

— Que tem Joe? — perguntei.

— Passou VIH à Elise.

IRMÃ MOSCA

A minha irmã matou uma mosca. A nossa família inteira concordou em que é que ela devia de reencarnar.

SEM-ABRIGO, NÃO SEM CORAÇÃO

Um homem sem abrigo, agindo como um leão ferido expulso do clã, remexia num contentor de lixo atrás de um restaurante. Tinha ar de quem não comia há um ano.

— Tenho de comer. — dizia entre dentes. — Tenho de comer.

Empilhou restos descartados de hamburguesas num pedaço de cartão. Provou um e depois pousou-o.

— Boa, está fresco. — disse.

Encontrou ossos de frango e outros restos.

O homem parecia entusiasmado. Sentou-se e arrumou a comida com jeito, como se se preparasse se banquetear. Em vez disso, assobiou bem alto e secamente e o seu cão veio a correr ter com a sua refeição.

RAÍZES

Eu estava a pesquisar a minha árvore genealógica. Somos pessoas de classe alta e questionei-me sobre a comunidade em que teríamos originado. O que encontrei foram muitos ramos quebrados, que deveriam ser podados ou, pelo menos, deixados a crescer sem serem notados e a murchar sozinhos. Ao cavar mais fundo descobri ainda pior. Uma raiz apodrecida.

CRÉDITOS DE PUBLICAÇÃO

Algumas histórias desta coleção surgem ou
foram reeditadas para as seguintes publicações:

Flash! Journal Anthology
The Shine Journal
Silver Boomer Books
Harauh - Breath of Heaven
Moondance International Film Festival Newsletter
Mississippi Crow magazine
Authorlink
The Voice
Changing Courses
Generation X International Journal
Seasoned Greetings
Gator Springs Gazette
Mountain Luminary
Five Star Productions, Inc.
Webstatic
Moondance ezine
It's All Happening at the Zoo
Hinduism Today

Caro leitor,

Esperamos que você tenha gostado de ler *Desequilíbrios no Sótão*. Reserve um momento para deixar uma crítica, mesmo que curta. A sua opinião é importante para nós.

Atenciosamente,

Mary Deal e Next Chapter Team

SOBRE A AUTORA

A escrita tem sido um interesse desde que era criança. Muitos rascunhos e pedaços de pensamentos profundos que registei em papel quando era mais nova, mantêm-se em papel. Um romance desses foi iniciado, mas nunca acabado. Tive de ir apressadamente para casa, em São Francisco, devido a uma doença na família. Foi uma relocalização permanente para mim. Com a nova vida, vieram novas responsabilidades e, sem intenção, a escrita foi posta de parte. Agora, entre outras histórias que estou a escrever, estou a revisitar esse romance. Tal seria uma grande tarefa. Esta história tem estado em banho-maria com vários outros projetos. No entanto, agora, a minha musa começou a despejar cenas e falas que só podem encaixar nessa história.

Nos anos 70, escrevi para e ajudei a publicar uma revista mensal. Desde então, a escrita tornou-se a prioridade pouco a pouco. Nos anos 80, depois de muita experiência, publiquei a minha própria revista e comecei a escrever poesia e contos.

Foi só quando fui abalroada num acidente de carro em 1991 que comecei a pensar seriamente em publicar alguma coisa. A fisioterapia durou quase três anos e deixou-me sem nada para fazer a não ser pensar. Decidi que, apesar de o meu corpo não funcionar bem, a minha cabeça ainda cozinhava. Passado pouco tempo do acidente, estar sentada e quieta ao computador já não fazia o meu corpo doer; só doía quando me movia. Sentei-me. Pensei em histórias. Escrevi.

O meu primeiro romance tinha umas impressionantes 134 000 palavras e foi muitíssimo catártico, para não falar da grande experiência de acabar uma tarefa monumental. Esse livro não foi publicado. Na verdade, usei alguns dos detalhes ao incluí-los em *River Bones*, o meu terceiro romance publicado. Contudo, agora, vinte anos e muita escrita mais tarde, estou a reescrever aquela primeira história. Beneficiaria de muitos mais cortes para trazer a contagem de palavras para um tamanho mais razoável, mas pelo menos tenho muito material por onde escolher.

Nativa de Walnut Grove, no delta do rio Sacramento, na Califórnia, Mary Deal também viveu nas Caraíbas, em Inglaterra, nas ilhas havaianas e tem atualmente a sua casa em Scottsdale, no Arizona.

Contacte-me Online

Website: http://www.writeanygenre.com
Linked In: http://www.linkedin.com/in/marydeal
FaceBook: http://www.facebook.com/mdeal
Twitter: http://twitter.com/Mary_Deal
Cold Coffee Cafe: http://coldcoffeecafe.com/profile/MaryDeal
BookTown: http://www.booktown.ning.com
Authorsdb: http://tinyurl.com/nnbk7lo

As Minhas Galerias de Arte

Mary Deal Fine Art
http://www.marydealfineart.com

Island Image Gallery
http://www.islandimagegallery.com
M Deal Art
Mary Deal Fine Art and Photography
Pinterest
Mary Deal Fine Art

NOTES

O Mais Procurado

1. N. da T.: Um programa famoso sobre investigação criminal cujo título pode ser entendido como *Os Mais Procurados da América*.

As Vacas do Avôzinho

1. N. da T.: Jogo de palavras com a expressão americana *"kissing cousins"* que se aplica a primos afastados ou suficientemente afastados para que o seu relacionamento não seja considerado incestuoso.

O Menino no Cruzamento

1. N. da T.: Vestido.

A Ciência da Cantina

1. N. da T.: Baseado na edição portuguesa do Monopólio de 2006.

Doutrinação

1. N. da T.: Conhecido como um local onde foram avistados OVNI em 1947.

Observada

1. N. da T.: Tradução mais comum do verso citado «*I will love you longer than forever*» da canção tradicional *Hawaiian Wedding Song/Ke Kali Nei Au*, cuja tradução do título, na linha anterior, também não é oficial.

Pekoe

1. N. da T.: Organização norte-americana equivalente à Sociedade Protetora dos Animais.

A Grande Senhora da Sabedoria

1. N. da T.: Note-se que, por norma, os Norte-Americanos e outros povos de língua inglesa não consomem cabrito.

Futura Vencedora

1. N. da T.: Entradas.
2. N. da T.: Rolos de arroz (semelhantes a *sushi*) com fatias grelhadas de carne enlatada SPAM e algas.

Desequilíbrios No Sótão
ISBN: 978-4-86747-651-2
Livro de Bolso

Publicado por
Next Chapter
1-60-20 Minami-Otsuka
170-0005 Toshima-Ku, Tokyo
+818035793528

24 Maio 2021

www.ingramcontent.com/pod-product-compliance
Lightning Source LLC
LaVergne TN
LVHW031432170726
843492LV00010B/2971